大家经典
·导读·

谢冕
主 编
泰斗级北大教授
文学理论家

解玺璋
副主编
知名学者、文艺评论家

郁达夫

作品精读

郁达夫 — 著

读者出版社

图书在版编目（CIP）数据

郁达夫作品精读 / 郁达夫著. -- 兰州 ：读者出版社，2023.11
（大家经典导读 / 谢冕，解玺璋主编）
ISBN 978-7-5527-0730-4

Ⅰ．①郁… Ⅱ．①郁… Ⅲ．①郁达夫（1896-1945）
－文学欣赏 Ⅳ．①I206.6

中国国家版本馆CIP数据核字（2023）第085426号

大家经典导读·郁达夫作品精读

谢　冕　主编

解玺璋　副主编

郁达夫　著

总 策 划　禹成豪　曹文静
责任编辑　漆晓勤
封面设计　万　聪

出版发行　读者出版社
地　　址　兰州市城关区读者大道568号（730030）
邮　　箱　readerpress@163.com
电　　话　0931-2131529(编辑部)　0931-2131507(发行部)

印　　刷　天津鑫旭阳印刷有限公司
规　　格　开本 880 毫米×1230 毫米　1/32
　　　　　印张 7.5　字数 162 千
版　　次　2023 年 11 月第 1 版
　　　　　2023 年 11 月第 1 次印刷
书　　号　ISBN 978-7-5527-0730-4
定　　价　49.80元

目　录

郁达夫作品精读

◆注：文中标注波浪线文字为佳句欣赏

月是故乡明

◆ 记得当时我们弟兄三人，都住在北京，每到了冬天的晚上，总不远千里地走扰来聚在一道，会谈少年时候在故乡所遇所见的事事物物。

江南的冬景

郁达夫曾在江南生活过一段时间，过的是一种闲散、安逸的生活，自然也能以一种悠然的心态去感受江南的美。作者开篇写的不是江南的冬景，而是先描绘了极富生活气息的北国冬天。正当你好像已经身临其境的时候，又话锋一转，引出了一幅完全不同于北国的江南冬景。江南的冬天是什么样的呢？它不像北国一样常让人们蛰居在家，不像闽粤一样和暖得没有冬天的气息，而是可以"曝背谈天"；你可以在风和日暖的午后散步，在微雨寒村中觅得一分悠闲与洒脱，在日暮雪夜中感受"风雪夜归人"的情境……郁达夫笔下的江南冬景，有着含蓄又持久的生气、明朗又清丽的况味。全篇的语言也正符合一个"景"字，读来仿佛身处一幅幅冬景画中。

凡在北国过过冬天的人，总都道围炉煮茗，或吃煊羊肉，剥花生米，饮白干的滋味。而有地炉、暖炕等设备的人家，不管它门外面是雪深几尺，或风大若雷，而躲在屋里过活的两三个月的生活，却是一年之中最有劲的一段蛰居异境；老年人不必说，就是顶喜欢活动的小孩子们，总也是个个在怀恋的，因为当这中间，有的萝卜、雅儿梨等水果的闲食，还有大年夜、正月初一、元宵等热闹的节期。

但在江南，可又不同。冬至过后，大江以南的树叶，也不至于脱尽。寒风——西北风——间或吹来，至多也不过冷了一日两日。到得灰云扫尽，落叶满街，晨霜白得像黑女脸上的脂粉似的清早，太阳一上屋檐，鸟雀便又在吱叫，泥地里便又放出水蒸气来，老翁小孩就又可以上门前的隙地里去坐着晒背谈天，营屋外的生涯了。这一种江南的冬景，岂不也可爱得很吗？

我生长江南，儿时所受的江南冬日的印象，铭刻特深；虽则渐入中年，又爱上了晚秋，以为秋天正是读读书、写写字的人的最惠节季，但对于江南的冬景，总觉得是可以抵得过北方夏夜的一种特殊情调，说得摩登些，便是一种明朗的情调。

我也曾到过闽粤，在那里过冬天，和暖原极和暖，有时候到了阴历的年边，说不定还不得不拿出纱衫来着；走过野人的篱落，更还看得见许多杂七杂八的秋花！一番阵雨雷鸣过后，凉冷一点，至多也只好换上一件夹衣，在闽粤之间，皮袍棉袄是绝对用不着的。这一种极南的气候异状，并不是我所说的江南的冬景，只能叫它作南国的长春，是春或秋的延长。

　　江南的地质丰腴而润泽，所以含得住热气，养得住植物；因而长江一带，芦花可以到冬至而不败，红叶也有时候会保持得三个月以上的生命。像钱塘江两岸的乌桕树，则红叶落后，还有雪白的桕子着在枝头，一点一丛，用照相机照将出来，可以乱梅花之真。草色顶多成了赭色，根边总带点绿意，非但野火烧不尽，就是寒风也吹不倒的。若遇到风和日暖的午后，你一个人肯上冬郊去走走，则青天碧落之下，你不但感不到岁时的肃杀，并且还可以饱觉着一种莫名其妙的含蓄在那里的生气。"若是冬天来了，春天也总马上会来"的诗人的名句，只有在江南的山野里，最容易体会得出。

　　说起了寒郊的散步，实在是江南的冬日所给予江南居住者的一种特异的恩惠；在北方的冰天雪地里生长的人，是终他的一生，也绝不会有享受这一种清福的机会的。我不知道德国的冬天，比起我们江浙来如何，但从许多作家的喜欢以"spaziergang"一字来做他们的创造题目的一点看来，大约是德国南部地方，四季的变迁，总也和我们的江南差仿不多。譬如说十九世纪的那位乡土诗人洛在格（Peter Rosegger, 1843—1918）吧，他用这一个"散步"做题目的文章尤其写得多，而所写的情形，却又是大半可以拿到中国江浙的山区地方来适用的。

　　江南河港交流，且又地滨大海，湖沼特多，故空气里时含水分；到得冬天，不时也会下着微雨，而这微雨寒村里的冬霖

景象，又是一种说不出的悠闲境界。你试想想，秋收过后，河流边三五家人家会聚在一道的一个小村子里，门对长桥，窗临远阜，这中间又多是树枝槎丫的杂木树林；在这一幅冬日农村的图上，再洒上一层细得同粉也似的白雨，加上一层淡得几不成墨的背景，你说还够不够悠闲？若再要点些景致进去，则门前可以泊一只乌篷小船，茅屋里可以添几个喧哗的酒客，天垂暮了，还可以加一味红黄，在茅屋窗中画上一圈暗示着灯光的月晕。人到了这一个境界，自然会得胸襟洒脱起来，终至于得失俱亡，死生不问了。我们总该还记得唐朝那位诗人作的"暮雨潇潇江上村"的一首绝句吧？诗人到此，连对绿林豪客都客气起来了，这不是江南冬景的迷人又是什么？

一提到雨，也就必然地要想到雪："晚来天欲雪，能饮一杯无？"自然是江南日暮的雪景。"寒沙梅影路，微雪酒香村"，则雪月梅的冬宵三友，会合在一道，在调戏酒姑娘了。"柴门闻犬吠，风雪夜归人"，是江南雪夜，更深人静后的景况。"前村深雪里，昨夜一枝开"，又到了第二天的早晨，和狗一样喜欢弄雪的村童来报告村景了。诗人的诗句，也许不尽是在江南所写，而作这几句诗的诗人，也许不尽是江南人，但假了这几句诗来描写江南的雪景，岂不直截了当，比我这一支愚劣的笔所写的散文更美丽得多？

有几年，在江南也许会没有雨没有雪地过一个冬，到了春间阴历的正月底或二月初再冷一冷下一点春雪的；去年（一九三四年）的冬天是如此，今年的冬天恐怕也不得不然，以节气推算起来，大约大冷的日子，将在一九三六年的二月尽头，最多也总不过是七八天的样子。像这样的冬天，乡下人叫作旱冬，对于麦的收成或者好些，但是人口却要受到损伤——旱得久了，白喉，流行性感冒等疾病自然容易上身。可是想恣意享受江南的冬景的人，在这一种冬天，倒只会得到快活一点，因为晴和的日子多了，上郊外去闲步逍遥的机会自然也多；日本人叫作"hiking"，德国人叫作"spaziergang狂者"，所最欢迎的也就是这样的冬天。

窗外的天气晴朗得像晚秋一样；晴空的高爽，日光的洋溢，引诱得你在房间里坐不住，空言不如实践，这一种无聊的杂文，我也不再想写下去了，还是拿起手杖，搁下纸笔，上湖上散散步吧！

一九三五年十二月一日

读 与 思

作者在文中描绘了多幅江南冬景：晴暖午后、微雨寒村、日暮雪夜……其间多次引用古诗，为这些图景更增添了一丝韵味，富有诗情画意，让我们仿佛已经置身于其间。

请选取你最喜欢的一幅景色，写一写、画一画郁达夫笔下的江南冬景吧。

故都的秋

提导读示

白色恐怖时期，为躲避国民党的恐怖威胁，郁达夫于1933年4月由上海迁居杭州。同年7月，郁达夫从杭州经过青岛去北平（今北京），再次饱尝了故都的"秋味"，并写下本文。故都的秋，作者形容是清、静、悲凉的，而与江南对比，这秋又是浓烈的、恣意挥洒的。陶然亭的芦花、钓鱼台的柳影、西山的虫唱、玉泉的夜月、潭柘寺的钟声……北平那似远忽近的秋意已在脑海中浮现，而作者却没有展开描写，而是从生活的点滴细节入手。

作者还认为，古今中外，有许多名家都赞颂过秋，而只有对生活真正有情感的人，才能生发出对秋的深沉感触，这种感触在北方才是最深刻的，作者甚至愿意用生命来留住北国的秋。这么深沉的留恋，仅仅只是对秋景的欣赏吗？实际上，故都的秋，也是郁达夫心中的"秋"，他将自己的生命体验和主观情感倾注在了故都的秋意之中，这种"中国的秋的深味"，足见作者的深情，也与他的坎坷的经历和忧郁的性格密不可分。

　　秋天，无论在什么地方的秋天，总是好的；可是啊，北国的秋，却特别地来得清，来得静，来得悲凉。我的不远千里，要从杭州赶上青岛，更要从青岛赶上北平来的理由，也不过想饱尝一尝这"秋"，这故都的秋味。

　　江南，秋当然也是有的，但草木凋得慢，空气来得润，天的颜色显得淡，并且又时常多雨而少风；一个人夹在苏州上海

杭州，或厦门香港广州的市民中间，混混沌沌地过去，只能感到一点点清凉，秋的味，秋的色，秋的意境与姿态，总看不饱，尝不透，赏玩不到十足。秋并不是名花，也并不是美酒，那一种半开、半醉的状态，在领略秋的过程上，是不合适的。

不逢北国之秋，已将近十余年了。在南方每年到了秋天，总要想起陶然亭的芦花，钓鱼台的柳影，西山的虫唱，玉泉的夜月，潭柘寺的钟声。在北平即使不出门去吧，就是在皇城人海之中，租人家一椽破屋来住着，早晨起来，泡一碗浓茶，向院子一坐，你也能看得到很高很高的碧绿的天色，听得到青天下驯鸽的飞声。从槐树叶底，朝东细数着一丝一丝漏下来的日光，或在破壁腰中，静对着像喇叭似的牵牛花（朝荣）的蓝朵，自然而然地也能够感觉到十分的秋意。说到了牵牛花，我以为以蓝色或白色者为佳，紫黑色次之，淡红色最下。最好，还要在牵牛花底，教长着几根疏疏落落的尖细且长的秋草，使作陪衬。

北国的槐树，也是一种能使人联想起秋来的点缀。像花而又不是花的那一种落蕊，早晨起来，会铺得满地。脚踏上去，声音也没有，气味也没有，只能感出一点点极微细极柔软的触觉。扫街的在树影下一阵扫后，灰土上留下来的一条条扫帚的丝纹，看起来既觉得细腻，又觉得清闲，潜意识下并且还觉得有点儿落寞，古人所说的"梧桐一叶而天下知秋"的遥想，大约也就在这些深沉的地方。

秋蝉的衰弱的残声，更是北国的特产；因为北平处处全长着树，屋子又低，所以无论在什么地方，都听得见它们的啼唱。在南方是非要上郊外或山上去才听得到的。这秋蝉的嘶叫，在北平可和蟋蟀耗子一样，简直像是家家户户都养在家里的家虫。

还有秋雨哩，北方的秋雨，也似乎比南方的下得奇，下得有味，下得更像样。

在灰沉沉的天底下，忽而来一阵凉风，便稀里索落地下起雨来了。一层雨过，云渐渐地卷向了西去，天又青了，太阳又露出脸来了；穿着很厚的青布单衣或夹袄曲都市闲人，咬着烟管，在雨后的斜桥影里，上桥头树底去一立，遇见熟人，便会用了缓慢悠闲的声调，微叹着互答着地说：

"唉，天可真凉了——"（这"了"字念得很高，拖得很长。）

"可不是吗？一层秋雨一层凉了！"

北方人念"阵"字，总老像是"层"字，平平仄仄起来，这念错的歧韵，倒来得正好。

北方的果树，到秋来，也是一种奇景。第一是枣子树；屋角，墙头，茅房边上，灶房门口，它都会一株株地长大起来。像橄榄又像鸽蛋似的这枣子颗儿，在小椭圆形的细叶中间，显出淡绿微黄的颜色的时候，正是秋的全盛时期；等枣树叶落，枣子红完，西北风就要起来了，北方便是尘沙灰土的世界，只有这枣子、柿子、葡萄，成熟到八九分的七八月之交，是北国的清秋的佳日，是一年之中最好也没有的golden days。

有些批评家说，中国的文人学士，尤其是诗人，都带着很浓厚的颓废色彩，所以中国的诗文里，颂赞秋的文字特别的多。但外国的诗人，又何尝不然？我虽则外国诗文念得不多，也不想开出账来，做一篇秋的诗歌散文钞，但你若去一翻英德法意等诗人的集子，或各国的诗文的anthology来，总能够看

到许多关于秋的歌颂与悲啼。各著名的大诗人的长篇田园诗或四季诗里，也总以关于秋的部分，写得最出色而最有味。足见有感觉的动物，有情趣的人类，对于秋，总是一样地能特别引起深沉、幽远、严厉、萧索的感触来的。不单是诗人，就是被关闭在牢狱里的囚犯，到了秋天，我想也一定会感到一种不能自已的深情；秋之于人，何尝有国别，更何尝有人种阶级的区别呢？不过在中国，文字里有一个"秋士"的成语，读本里又有着很普遍的欧阳子的《秋声》与苏东坡的《赤壁赋》等，就觉得中国的文人，与秋的关系特别深了。可是这秋的深味，尤其是中国的秋的深味，非要在北方，才感受得到底。

南国之秋，当然是也有它的特异的地方的，比如廿四桥的明月，钱塘江的秋潮，普陀山的凉雾，荔枝湾的残荷等等，可是色彩不浓，回味不永。比起北国的秋来，正像是黄酒之于白干，稀饭之于馍馍，鲈鱼之于大蟹，黄犬之于骆驼。

秋天，这北国的秋天，若留得住的话，我愿把寿命的三分之二折去，换得一个三分之一的零头。

一九三四年八月，在北平

读 与 思

　　在郁达夫的笔下，北平的秋天是清、静、悲凉的，我们说，这种体验源于他个人的亲身经历和忧郁性格，他将自己的内心投射于当时所处的环境，一花一草便都被赋予了情感，让读者获得了独特的审美体验。

　　请查阅相关资料，简单了解郁达夫的一生，或许能更好地理解文章中悲凉的美。

北平的四季

　　郁达夫曾数次到过北京，但每次时间都不长，加起来总共不足两年。对于古都北京，他只能算一个匆匆过客。文章题为"北平的四季"，却不仅仅只写四季。先是北平人的气质，再是物质的丰富，就已经足够让人怀念了。冬天，屋内的暖炕和羊肉锅正契合了《济南的冬天》中所谓的"蛰居意境"，而雪天的清朗神秘、冬夜的促膝长谈，更为这冬天添了一层幽闲清妙；春天，是洪水般的新绿；夏天，藤荫下的蝉鸣驱散了闷热；秋天，那一种严肃、凄凉、沉静甚至能让人涕零。整篇文章，作者都是从细微之处落笔，在不经意间娓娓道来，描写细腻、真切，让读者饱尝了北平四季不同的意蕴，不禁令人神往。可这美景作者越是留恋其间，内心的沉痛也就越深：这座千百年来文化荟萃的故都，"现在却已经完全掌握在一只满长着黑毛的巨魔的手里了！北望中原，究竟要到哪一日才能够重见得到天日呢？"

　　对于一个已经化为异物的故人，追怀起来，总要先想到他或她的好处；随后再慢慢地想想，则觉得当时所感到的一切坏处，也会变作很可寻味的一些纪念，在回忆里开花。关于一个曾经住过的旧地，觉得此生再也不会第二次去长住了，身处入了远离的一角，向这方向的云天遥望一下，回想起来的，自然也同样的只是它的好处。

　　中国的大都会，我前半生住过的地方，原也不在少数；可是当一个人静下来回想起从前，上海的闹热，南京的辽阔，广州的乌烟瘴气，汉口武昌的杂乱无章，甚至青岛的清幽，福州的秀丽，以及杭州的沉着，总归都还比不上北京——我住在那里的时候，当然还是北京——的典丽堂皇，幽闲清妙。

　　先说人的分子吧，在当时的北京——民国十一二年前后——上自军财阀政客名优起，中经学者名人、文士美女教育家，下而至于负贩拉车铺小摊的人，都可以谈谈，都有一艺之长，而无憎人之貌；就是由荐头店荐来的老妈子，除上炕者是当然以外，也总是衣冠楚楚，看起来不觉得会令人讨嫌。

　　其次说到北京物质的供给哩，又是山珍海错，洋广杂货，以及萝卜白菜等本地产品，无一不备，无一不好的地方。所以在北京住上两三年的人，每一遇到要走的时候，总只感到北京的空气太沉闷，灰沙太暗淡，生活太无变化；一鞭走出，出前门便觉胸舒，过芦沟方知天晓，仿佛一出都门，就上了新生活开始的坦道似的；但是一年半载，在北京以外的各地——除了

在自己幼年的故乡以外——去一住，谁也会得重想起北京，再希望回去，隐隐地对北京害起剧烈的怀乡病来。这一种经验，原是住过北京的人，个个都有，而在我自己，却感觉得格外浓，格外切。最大的原因或许是为了我那长子之骨，现在也还埋在郊外广谊园的坟山，而几位极要好的知己，又是在那里同时毙命的受难者的一群。

北平的人事品物，原是无一不可爱的，就是大家觉得最要不得的北平的天候，和地理联合上一起，在我也觉得是中国各大都会中所寻不出几处来的好地。为叙述的便利起见，想分成四季来约略地说说。

北平自入旧历的十月之后，就是灰沙满地、寒风刺骨的节季了，所以北平的冬天，是一般人所最怕过的日子。但是要想认识一个地方的特异之处，我以为顶好是当这特异处表现得最圆满的时候去领略；故而夏天去热带，寒天去北极，是我一向所持的哲理。北平的冬天，冷虽则比南方要冷得多，但是北方生活的伟大悠闲，也只有在冬季，使人感受得最彻底。

先说房屋的防寒装置吧，北方的住屋，并不同南方的摩登都市一样，用的是钢骨水泥，冷热气管；一般的北方人家，总只是矮矮的一所四合房，四面是很厚的泥墙；上面花厅内都有一张暖炕，一所回廊；廊子上是一带明窗，窗眼里糊着薄纸，薄纸内又装上风门，另外就没有什么了。在这样简陋的房屋之内，你只教把炉子一生，电灯一点，棉门帘一挂上，在屋里住着，却一辈子总是暖炖炖像是春三四月里的样子。尤其会得使你感觉到屋内的温软堪恋的，是屋外窗外面呜呜在叫啸的西北风。天色老是灰沉沉的，路上面也老是灰的围障，而从风尘灰土中下车，一踏进屋里，就觉得一团春气，包围在你的左右四周，使你马上就忘记了屋外的一切寒冬的苦楚。若是喜欢吃吃酒，烧烧羊肉锅的人，那冬天的北方生活，就更加不能够割舍；酒已经是御寒的妙药了，再加上以大蒜与羊肉酱油合煮的香味，简直可以使一室之内，涨满了白蒙蒙

的水蒸温气。玻璃窗内，前半夜，会流下一条条的清汗，后半夜就变成了花色奇异的冰纹。

到了下雪的时候哩，景象当然又要一变。早晨从厚棉被里张开眼来，一室的清光，会使你的眼睛眩晕。在阳光照耀之下，雪也一粒一粒地放起光来了，蛰伏得很久的小鸟，在这时候会飞出来觅食振翎，谈天说地，吱吱地叫个不休。数日来的灰暗天空，愁云一扫，忽然变得澄清见底，翳障全无；于是年轻的北方住民，就可以营屋外的生活了，溜冰，做雪人，赶冰车雪车，就在这一种日子里最有劲儿。

我曾于这一种大雪时晴的傍晚，和几位朋友，跨上跛驴，出西直门上骆驼庄去过过一夜。北平郊外的一片大雪地，无数枯树林，以及西山隐隐现现的不少白峰头，和时时吹来的几阵雪样的西北风，所给予人的印象，实在是深刻、伟大、神秘到了不可以言语来形容。直到了十余年后的现在，我一想起当时的情景，还会得打一个寒战而吐一口清气，如同在钓鱼台溪旁立着的一瞬间一样。

北国的冬宵，更是一个特别适合于看书、写信、追思过去与作闲谈说废话的绝妙时间。记得当时我们弟兄三人，都住在北京，每到了冬天的晚上，总不远千里地走拢来聚在一道，会谈少年时候在故乡所遇所见的事事物物。小孩们上床去了，佣人们也都去睡觉了，我们弟兄三个，还会得再加一次煤再加一次煤地长谈下去。有几宵因为屋外面风紧天寒之故，到了后半夜的一两点钟的时候，便不约而同地会说出索性坐坐到天亮的话来。像这一种可宝贵的记忆，像这一种最深沉的情调，本来也就是一生中不能够多享受几次的昙花佳境，可是若不是在北平的冬天的夜里，那趣味也一定不会得像如此的悠长。

总而言之，北平的冬季，是想赏识赏识北方异味者之唯一的机会；这一季里的好处，这一季里的琐事杂忆，若要详细地写起来，总也有一部《帝京景物略》那么大的书好做；我只记下了一点点自身的经历，就觉得过长了，下面只能再来略写一点春和夏以及秋季的感怀梦境，聊作我的对这日就沦亡的故国的哀歌。

春与秋，本来是在什么地方都属可爱的时节，但在北平，却与别地方也有点儿两样。北国的春，来得较迟，所以时间也比较短。西北风停后，积雪渐渐地消了，赶牲口的车夫身上，看不见那件光板老羊皮的大袄的时候，你就得预备着游春的服饰与金钱；因为春来也无信，春去也无踪，眼睛一眨，在北平市内，春光就会得同飞马似的溜过。屋内的炉子，刚拆去不久，说不定你就马上得去叫盖凉棚的才行。

而北方春天的最值得记忆的痕迹，是城厢内外的那一层新绿，同洪水似的新绿。北京城，本来就是一个只见树木不见屋顶的绿色的都会，一踏出九城的门户，四面的黄土坡上，更是杂树丛生的森林地了；在日光里颤抖着的嫩绿的波浪，油光光，亮晶晶，若是神经系统不十分健全的人，骤然间身入到这一个淡绿色的海洋涛浪里去一看，包管你要张不开眼，立不住脚，而昏厥过去。

北平市内外的新绿，琼岛春阴、西山抱翠诸景里的新绿，真是一幅何等奇伟的外光派的妙画！但是这画的框子，或者简直说这画的画布，现在却已经完全掌握在一只满长着黑毛的巨魔的手里了！北望中原，究竟要到哪一日才能够重见得到天日呢？

从地势纬度上讲来，北方的夏天，当然要比南方的夏天来得凉爽。在北平城里过夏，实在是并没有上北戴河或西山去避暑的必要。一天到晚，最热的时候，只有中午到午后三四点钟的几个钟头，晚上太阳一下山，总没有一处不是凉阴阴要穿单衫才能过去的；半夜以后，更是非盖薄棉被不可了。而北平的天然冰的便宜耐久，又是夏天住过北平的人所忘不了的一件恩惠。

我在北平，曾经过过三个夏天；像什刹海、菱角沟、二闸等暑天游耍的地方，当然是都到过的；但是在三伏的当中，不问是白天或是晚上，你只教有一张藤榻，搬到院子里的葡萄架下或藤花荫处去躺着，吃吃冰茶雪藕，听听盲人的鼓词与树上的蝉鸣，也可以一点儿也感不到炎热与熏蒸。而夏天最热的时候，在北平顶多总不过九十四五度，这一种大热的天气，全夏顶多顶多又不过十日的样子。

在北平，春夏秋的三季，是连成一片；一年之中，仿佛只有一段寒冷的时期，和一段比较得温暖的时期相对立。由春到

夏，是短短的一瞬间，自夏到秋，也只觉得是
过了一次午睡，就有点儿凉冷起来了。因此，北方
的秋季也特别地觉得长，而秋天的回味，也更觉得比
别处来得浓厚。前两年，因去北戴河回来，
我曾在北平过过一个秋，在那时候，
已经写过一篇《故都的秋》，对这
北平的秋季颂赞过一遍了，所以在
这里不想再来重复；可是北平近郊
的秋色，实在也正像是一册百读不厌的奇书，使你愈
翻愈会感到兴趣。

　　秋高气爽，风日晴和的早晨，你且骑着一匹驴子，
上西山八大处或玉泉山碧云寺去走走看；山上的红柿，远处的
烟树人家，郊野里的芦苇黍稷，以及在驴背上驮着生果进城来
卖的农户佃家，包管你看一个月也不会看厌。春秋两季，本来
是到处好的，但是北方的秋空，看起来似乎更高一点，北方的
空气，吸起来似乎更干燥健全一点。而那一种草木摇落，金风
肃杀之感，在北方似乎也更觉得要严肃、凄凉、沉静得多。你
若不信，你且去西山脚下，农民的家里或古寺的殿前，自阴历
八月至十月下旬，去住它三个月看看。古人的"悲哉秋之为
气"以及"胡笳互动，牧马悲鸣"的那一种哀感，在南方是不
大感觉得到的，但在北平，尤其是在郊外，你真会得感至极而
涕零，思千里兮命驾。所以我说，北平的秋，才是真正的秋；

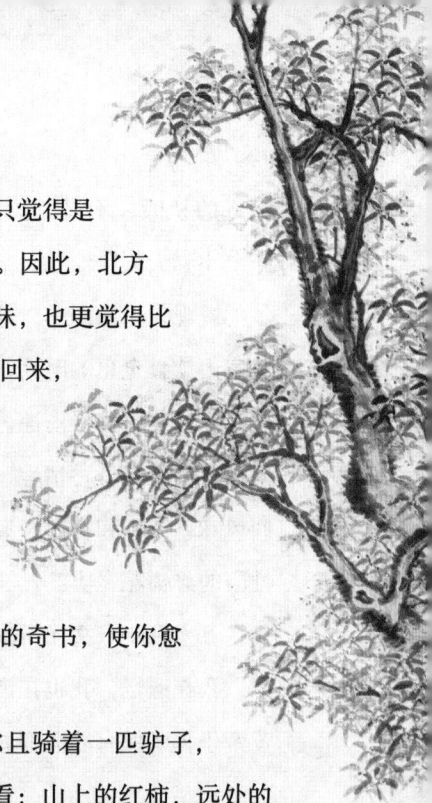

南方的秋天，不过是英国话里所说的"Indian summer"或叫作"小春天气"而已。

统观北平的四季，每季每节，都有它的特别的好处；冬天是室内饮食奄息的时期，秋天是郊外走马调鹰的日子，春天好看新绿，夏天饱受清凉。至于各节各季，正当移换中的一段时间哩，又是另一种情趣，是一种两不相连，而又两都相合的中间风味，如雍和宫的打鬼，净业庵的放灯，丰台的看芍药，万牲园的寻梅花之类。

五六百年来文化所聚萃的北平，一年四季无一月不好的北平，我在遥忆，我也在深祝，祝她的平安进展，永久地为我们黄帝子孙所保有的旧都城！

一九三六年五月廿七日

读 与 思

　　郁达夫总是善于在细微之间描绘出景物朴拙、幽深的意境，让人仿佛进行了一场"深度游"，《故都的秋》是这样，《北平的四季》也是这样。回忆一下，在某一个季节，某一个场景，有没有哪一个瞬间是特别打动你的？要尽可能多地描绘细节，让自己的回忆变得更丰满。

我撞上了秋天

提示导读

郁达夫不止一次地写过北京的秋天，足见他对北京秋天的眷恋有多深，本文中的秋天则被作者赋予了新的含义。先是一阵秋风，给人的全身送来了从头到脚的凉意，让作者得以清醒、畅快地去感受眼前的生活。天空变高了，小白云可爱得让人恨不得想吃上两口，抬头看着这样简单却又纯净的天空，作者渐渐引发了对生命的独特感受。食物和小白云一样，在作者眼里变成了各种俏皮可爱的美好事物，幽默的各种比喻富有生活气息。而那些窗户背后的故事，那些男人、女人、老人、孩子，小狗、鸽子，都变得鲜活生动起来，作者深埋已久的孤单也在被一点点驱散，心灵被一点点唤醒，"我"的故事也得以一点点展开。这便是这篇文章中的秋天，是鲜活的，是抚慰人心的。

今夏漫长的炎热里，凌晨那段时间大概最舒服。就养成习惯，天一亮，铁定是早上四点半左右，就该我起床，或者入睡了。

这是我的生活规律。

但是昨晚睡得早，十一点左右。醒来一看，天还没亮，正想继续睡去，突然觉得蚊子的嗡嗡和空气的流动有些特别，不像是浓酽的午夜，一看表，果不其然，已经五点了。

爬起来，把自个儿撸撸干净了，走出我那烟熏火燎的房间，刚刚步出楼道，我就让秋天狠狠撞了个斤斗。

先是一阵风，施施然袭来，像一幅硕大无朋的裙裾，不由分说就把我从头到脚挤了一遍，挤牙膏似的，立马我的心情就畅快无比。我在夏天总没冬天那么活力洋溢，就是一个脑子清醒的问题。秋天要先来给我解决一下，何乐不为。

压迫整整一夏的天空突然变得很高，抬头望去——无数烂银也似的小白云整整齐齐排列在纯蓝天幕上，越看越调皮，越看越像长在我心中的那些可爱的灵气，我恨不得把它们轻轻抱下来吃上两口。我在天空上看到一张脸。想起这首很久以前写的歌，心境已经大不相同了，人也已经老了许多——人老了吗？我就一直站在那里看，看个没完没了，我要看得它慢慢消失，慢慢而坚固地存放在我这里。

来来往往的人开始多了，有人像我一样看，那是比较浪漫的，我祝福他们；有人奇怪地看我一眼，快步离去，我也祝福他们，因为他们在为了什么忙碌。生命就是这样，你总要做些什么，或者感受些什么，这两种过程都值得尊敬，不能怠慢。就如同我，要坚守阵地，如同一只苍老的羚羊，冷静地厮守在我的网络，那些坛子的钢丝边缘上。六点钟就很好了，园门口就有汁多味美的鲜肉大包子，厚厚一层红亮辣油翠绿香菜，还星星般点缀着熏干大头菜的豆腐脑，还有如同猫一样热情的油条，如同美丽娴静女友般的豆浆，还有知心好友一样外焦里嫩熨帖心肺的大葱烫面油饼。

这里这些鳞次栉比的房屋，每个窗户后面都有故事，或者在我这里发生过，或者是现在我想听的。每个梦游的男人都和我一样不肯消停，每个睡裙的女人都被爱过或者正在爱着，每个老人都很丰富，每个孩子都很新鲜。每条小狗都很生动，每只鸽子都很乖巧。每个早晨都要这样，虽然我已经不同以往，总是幻想奇遇，总是渴望付出烈火般的激情，又总是被乖戾的现实玩耍，被今天这难得的天气从狂热中唤醒。我已经不孤单了，是吧。

就是这个孤单，像一床棉被，盖在很高的高空，随着我房间人数的变化，或低落，或俯冲，或紧缠，或飘扬。美倒是美，狠了点儿，我知道。

噫吁嚱，我的北京，昨天交通管制的北京，今年全国夏季气温最高的北京，用这样清丽的秋天撞击我神经的北京，把我的生活彻底弄乱，把我的故事彻底展开，把我仔细地铺成一张再造白纸的北京啊。

读 与 思

　　好的文章往往是作者善于发现美、用心感受美的结晶，文中的小白云、食物、窗户引发了作者对秋天、对生命的特殊感受，而生活中的一朵小花、一棵小草，甚至一张白纸都有可能引发人的感想，前提是你有一双善于发现的眼睛，有一颗善于感受的心灵。

　　你是否在某一时刻有过这种独特的感受呢？不妨试着写一写。

路过人间美景

◆ 这一座门，尽以很坚强的砖瓦垒成，像低低的一个城门洞的样子；洞上一层，是施有雕刻的长方石壁，再上面，却是一个小小的钟楼似的塔顶。

半日的游程

之江大学旧址因地处钱塘江弯曲处，呈"之"字形，故取名"之江"。1912年9月，郁达夫曾在之江大学预科短暂求学；1933年移家杭州以后，又应之江文理学院之请，担任国文学系兼职教员，并为师生做学术讲座。

某个"秋晴的午后"，他回母校做了《半日的游程》。在这篇文章中，郁达夫细细描述了他眼里之江校园二十年间景物的变迁：山腰添造了住宅，空地变成了球场，荒山筑起了"文库"，"当时只同豆苗似的几根小小的树秧，现在竟长成了可以遮蔽风雨，可以掩障烈日的长林"，让人不得不慨叹这"二十年的岁月"，也更怀念从前那个"在这些荒山野径里驰骋过的毛头小子"。

　　去年有一天秋晴的午后，我因为天气实在好不过，所以就搁下了当时正在赶着写的一篇短篇的笔，从湖上坐汽车驰上了江干。在儿时习熟的海月桥、花牌楼等处闲走了一阵，看看青天，看看江岸，觉得一个人有点寂寞起来了，索性就朝西直上，一口气便走到了二十几年前曾在那里度过半年学生生活的之江大学的山中。二十年的时间的印迹，居然处处都显示了面形：从前的一片荒山，几条泥路，与夫乱石幽溪，草房藩溷，现在都看不见了。尤其要使人感觉到我老何堪的，是在山道两旁的那一排青青的不凋冬树；当时只同豆苗似的几根小小的树秧，现在竟长成了可以遮蔽风雨，可以掩障烈日的长林。不消说，山腰的平处，这里那里，一所所的轻巧而经济的住宅，也

添造了许多；像在画里似的附近山川的大致，虽仍依旧，但校址的周围，变化却竟簇生了不少。第一，从前在大礼堂前的那一丝空地，本来是下临绝谷的半边山道，现在却已将面前的深谷填平，变成了一个大球场。大礼堂西北的略高之处，本来是有几枝被朔风摧折得弯腰曲背的老树孤立在那里的，现在却建筑起了三层的图书文库了。二十年的岁月！三千六百日的两倍的七千二百日的日子！以这一短短的时节，来比起天地的悠长来，原不过是像白驹的过隙，但是时间的威力，究竟是绝对的暴君，曾日月之几何，我这一个本在这些荒山野径里驰骋过的毛头小子，现在也竟垂垂老了。

一路上走着看着，又微微地叹着，自山的脚下，走上中腰，我竟费去了三十来分钟的时刻。半山里是一排教员的住宅，我的此来，原因为在湖上在江干孤独得怕了，想来找一位既是同乡，又是同学，而自美国回来之后就在这母校里服务的胡君，和他来谈谈过去，赏赏清秋，并且也可以由他这里来探到一点故乡的消息的。

两个人本来是上下年纪的小学校的同学，虽然在这二十几年中见面的机会不多，但或当暑假，或在异乡，偶尔遇着的时候，却也有一段不能自已的柔情，油然会生起在各个的胸中。我的这一回的突然的袭击，原也不过是想使他惊骇一下，用以加增加增亲热的效力的企图；升堂一见，他果然是被我骇到了。

"哦！真难得！你是几时上杭州来的？"他惊笑着问我。

"来了已经多日了，我因为想静静地写一点东西，所以朋友们都还没有去看过。今天实在天气太好了，在家里坐不住，因而一口气就跑到了这里。"

"好极！好极！我也正在打算出去走走，就同你一道上溪口去吃茶去吧，沿钱塘江到溪口去的一路的风景，实在是不错！"

沿溪人谷，在风和日暖，山近天高的田塍道上，二人慢慢地走着，谈着，走到九溪十八涧的口上的时候，太阳已经斜到了去山不过丈来高的地位了。在溪房的石条上坐落，等茶庄里的老翁去起茶煮水的中间，向青翠还像初春似的四山一看，我的心坎里不知怎么，竟充满了一股说不出的飒爽的清气。两人在路上，说话原已经说得很多了，所以一到茶庄，都不想再说下去，只瞪目坐着，在看四周的山和脚下的水，忽而嘘朔朔朔的一声，在半天里，晴空中一只飞鹰，像霹雳似的叫过了，两山的回音，更缭绕地震动了许多时。我们两人头也不仰起来，只竖起耳朵，在静听着这鹰声的响过。回响过后，两人不期而遇地将视线凑集了拢来，更同时破颜发了一脸微笑，也同时不谋而合地叫了出来说：

"真静啊！"

"真静啊！"

等老翁将一壶茶搬来，也在我们边上的石条上坐下，和我们攀谈了几句之后，我才开始问他说：

"久住在这样寂静的山中，山前山后，一个人也没有得看见，你们倒也不觉得怕的吗？"

"怕啥东西？我们又没有龙连（钱），强盗绑匪，难道肯到孤老院里来讨饭吃的吗？并且春三二月，外国清明，这里的游客，一天也有好几千。冷清的，就只不过这几个月。"

我们一面喝着清茶，一面只在贪味着这阴森得同太古似的山中的寂静，不知不觉，竟把摆在桌上的四碟糕点都吃完了，老翁看了我们的食欲的旺盛，就又推荐着他们自造的西湖藕粉和桂花糖说：

"我们的出品，非但在本省口碑载道，就是外省，也常有信来邮购的，两位先生冲一碗尝尝看如何？"

大约是山中的清气，和十几里路的步行的结果吧，那一碗看起来似鼻涕，吃起来似泥沙的藕粉，竟使我们嚼出了一种意外的鲜味。等那壶龙井芽茶，冲得已无茶味，而我身边带着的一封绞盘牌也只剩了两支的时节，觉得今天是行得特别快的那轮秋日，早就在西面的峰旁躲去了。谷里虽掩下了一天阴影，而对面东首的山头，还映得金黄浅碧，似乎是山灵在预备去赴夜宴而铺陈着浓妆的样子。我昂起了头，正在赏玩着这一幅以青天为背景的夕照的秋山，忽听见耳旁的老翁以富有抑扬的杭州土音计算着账说：

"一茶，四碟，二粉，五千文！"

我真觉得这一串话是有诗意极了，就回头来叫了一声说：

"老先生！你是在对课呢？还是在作诗？"

他倒惊了起来，张圆了两眼呆视着问我：

"先生你说啥话语？"

"我说，你不是在对课吗？三竺六桥，九溪十八涧，你不是对上了'一茶四碟，二粉五千文'了吗？"

说到了这里，他才摇动着胡子，哈哈地大笑了起来，我们也一道笑了。付账起身，向右走上了去理安寺的那条石砌小路，我们俩在山嘴将转弯的时候，三人的"呵呵呵呵"的大笑的余音，似乎还在那寂静的山腰，寂静的溪口，作不绝如缕的回响。

一九三三年五月二十一日

读 与 思

郁达夫笔下的晚秋郊游，幽凉而惬意，再加上山间的景与游乐、休憩，别有一番魅力。文中最有意思的还数作者时隔多年故地重游母校，约见了多年未见的好友，还去上溪口的茶庄品西湖龙井。不知道你们在郊游时有哪些好玩的事情呢？试着拿起笔，记录下自己的郊游趣事吧。

海上通信

提示导读

　　《海上通信》是郁达夫先生最为优秀的几篇散文之一，文中对人生深刻的思考和独特的表达方式在后世备受推崇。

　　作者对海上场景的描写壮美瑰丽，生动的语言让金色的夕阳与红艳的海面呈现于读者眼前，细节景致的描写更营造出别样氛围和情感，让读者置身其中，感同身受，于是离别的悲伤情绪便水到渠成。全篇既不是简单的绝美风景画，亦不拘泥于纯粹的低迷情绪之中。

　　总体来说，这段散文通过对景物的描绘，展现了作者对于自然和生命的体察和感悟。同时，他也通过对情感的表达，让读者感受到他内心的情感和思考。本文语言优美，意境深远，是一篇非常优秀的散文。

　　晚秋的太阳，只留下一道金光，浮映在烟雾空蒙的西方海角。本来是黄色的海面被这夕照一烘，更加红艳得可怜了。从船尾望去，远远只见一排陆地的平岸，参差隐约地在那里对我点头。这一条陆地岸线之上，排列着许多一两寸长的桅樯细影，绝似画中的远草，依依有惜别的余情。

海上起了微波，一层一层的细浪，受了残阳的返照，一时光辉起来，飒飒的凉意，逼入人的心脾。清淡的天空，好像是离人的泪眼，周围边上，只带着一道红圈。是薄寒浅冷的时候，是泣别伤离的日暮。扬子江头，数声风笛，我又上了这天涯漂泊的轮船。

以我的性情而论，在这样的时候，正好陶醉在惜别的悲哀里，满满地享受一场 sentimental sweetness。否则也应该自家制造一种可怜的情调，使我自家感得自家的风尘仆仆，一事无成。若上举两事都办不到的时候，至少也应该看看海上的落日，享受享受那伟大的自然的烟景。但是这三种情怀，我一种也酿造不成，呆呆地立在龌龊杂乱的海轮中层的舱口，我的心里只充满了一种愤恨，觉得坐也不是，立也不是，硬要想拿一把快刀，杀死几个人，才肯甘休。这愤恨的原因是在什么地方呢？一是因为上船的时候，海关上的一个下流的外国人，定要把我的书箱打开来检查，检查之后，并且想把我所崇拜的列宁的一册著作拿去。二是因为新开河口的一家卖票房，收了我头等舱的船钱，骗我入了二等的舱位。

啊啊，掠夺欺骗，原是人的本性，若能达观，也不合有这一番气愤，但是我的度量却狭小得同耶稣教的上帝一样，若受着不平，总不能忍气吞声地过去。我的女人曾对我说过几次，说这是我的致命伤，但是无论如何，我总改不过这个恶习惯来。

轮船愈行愈远了，两岸的风景，一步一步地荒凉起来了，天色也垂暮了，我的怨愤，才渐渐地平了下去。

沫若呀，仿吾、成均呀，我老实对你们说，自从你们下船上岸之后，我一直到了现在，方想起你们三人的孤凄的影子来。啊啊，我们本来是反逆时代而生者，吃苦原是前生注定的。我此番北行，你们不要以为我是为寻快乐而去，我的前途风波正多得很呀！

　　天色暗下来了，我想起了家中在楼头凝望着我的女人，我想起了乳母怀中在那里咿唔学语的孩子，我更想起了几位比我们更苦的朋友，啊啊，大海的波涛，你若能这样把我吞咽了下去，倒好省却我的一番苦恼。我愿意化成一堆春雪，躺在五月的阳光里；我愿意代替了落花，陷入污泥深处去；我愿意背负了天下青年男女的肺痨恶疾，就在此处消灭了我的残生。

　　这些感伤的（sentimental）咏叹，只能博得恶魔的一脸微笑，几个在资本家跟前俯伏的文人，或者要拿了我这篇文字，去佐他们的淫乐的金樽，我不说了，我不再写了，我等那一点西方海上的红云消尽的时候，且上舱里去喝一杯白兰地吧，这是日本人所说的Yakezake！

（十月五日七时书）

　　昨天晚上因为多喝了一杯白兰地，并且因为前夜在F. E.饭店里的一夜疲劳，还没有恢复，所以一到床上就睡着了。我梦见了一个十五六的少女和我同舱，我硬要求她和我亲嘴的时候，她回复我说：

　　　　"你若要宝石，我可以给你Rajah's diamond，
　　　　你若要王冠，我可以给你世上最大的国家，
　　　　但是这绯红的嘴唇，这未开的蔷薇花瓣，
　　　　我要保留着等世上最美的人来！"

　　我用了武力，捉住了她，结果竟做了一个"风月宝鉴"里的迷梦，所以今天头昏得很，什么也想不出来。但是与海天相对，终觉得无聊，我把佐藤春夫的一篇小说《被剪的花儿》读了。

　　在日本现代的小说家中，我所最崇拜的是佐藤春夫。他的小说，周作人君也曾译过几篇，但那几篇并不是他的最大的杰作。他的作品中的第一篇当然要推他的出世作《病了的蔷薇》，即《田园的忧郁》了。其他如《指纹》《李太白》等，都是优美无比的作品。最近发表的小说集《太孤寂了》我还不曾读过，依我看来，这一篇《被剪的花儿》也可说是他近来的最大的收获。书中描写主人公失恋的地方真是无微不至，我每想学到他的地步，但是终于画虎不成。他在日本现代的作家中并不十分流行，但是读者中间的一小部分，却是对他抱着十二分的好意的。有一次何畏对我说：

　　"达夫！你在中国的地位，同佐藤在日本的地位一样。但是日本人能了解佐藤的清洁高傲，中国人却不能了解你，所以你想以作家立身是办不到的。"

　　惭愧惭愧！我何敢望佐藤春夫的肩背！但是在目下的中国，想以作家立身，非但干枯的我没有希望，即使 Victor Hugo、Charles Dickens、Gerhart Hauptmann 等来，也是无望的。

　　沫若！仿吾！我们都是笨人，我们弃去了康庄的大道不走，偏偏要寻到这一条荆棘丛生的死路上来。我们即使在半路上气绝身死，也同野狗的毙于道旁一样，却是我们自家寻得的苦恼，谁也不能来和我们表同情，谁也不能来收拾我们的遗骨的。呵呵！又成了牢骚了，"这是中国文人最丑的恶习，非绝灭它不可的地方"，我且收住不说了吧！

单调的海和天，单调的船和我，今日使我的精神萎缩得不堪。十二时中，足破这单调的现象的，只有晚来海中的落日之景，我且搁住了笔，去看 the glorious-sunsetting 吧！

（十月六日日暮的时候）

这一次的航海，真奇怪得很，一点儿风浪也没有，现在船已到了烟台了。烟台港同长崎门司那些港埠一些儿也没有分别，可惜我没有金钱和时间的余裕，否则上岸去住他一两个星期，享受一番异乡的情调，倒也很有趣味。烟台的结晶是东首临海的烟台山。在这座山上，有领事馆，有灯台，有别庄，正同长崎市外的那所检疫所的地点一样。沫若，你不是在去年的夏天有一首在检疫所作的诗吗？我现在坐在船上，遥遥地望着这烟台的一带山市，也起了拿破仑在媛来娜岛上之感，啊啊，漂流人所见大抵略同，——我们不是英雄，我们且说漂流人吧！

山东是产苦力的地方，烟台是苦力的出口处。船一停锚，抢上来的凶猛的搭客和售物的强人，真把我骇死，我足足在舱里躲了三个钟头，不敢出来。

到了日暮，船将起锚的时候，那些售物者方散退回去，我也出了舱，上船舷上来看落日。在海船里，除非有衣摆奈此的小说《默示录的四骑士》中所描写的那种同船者的恋爱事体外，另外实没有一件可以慰寂寥的事情，所以我这一次的通信里所写的也只是落日，sun setting, abend roethe, etc. 请你们不要笑我的重复！

我刚才说过，烟台港和门司长崎一样，是一条狭长的港市，环市的三面，都是浅淡的连山。东面是烟台山，一直西去，当太阳落下去的那一支山脉，不知道是什么名字？但是我想这一支山若要命名，比"夕阳""落照"等更好的名字，怕没有了。

一带连山，本来有近远深浅的痕迹可以看得出来的，现在当这落照的中间，都只成了淡紫。市上的炊烟，也漾漾地起了，便使我想起故乡城市的日暮的景色来，因为我的故乡，也是依山带水，与这烟台市不相上下的呀！

日光没了，天上的红云也淡了下去。一阵凉风吹来，使人起了一种莫名其妙的哀感。我站在船舷上，看看烟台市中一点两点渐渐增加起来的灯火，看看甲板上几个落了伍急急忙忙赶回家去的卖物的土人，忽而索落索落地滴下了两粒眼泪来。我记得我女人有一次说，小孩子到了日暮，总要哭着寻他的娘抱，因为怕晚上没有睡觉的地方。这时候我的心里，大约也被这一种nostalgia笼罩住了吧，否则何以会这样的落寞！这样的伤感！这样的悲愁无着处呢！

这船今晚上是要离开烟台上天津去的，以后是在渤海里行路了。明天晚上可到天津。我这通信，打算一上天津就去投邮。愿你与婀娜和小孩全好，仿吾也好，成均也好，愿你们的精神能够振刷；啊啊，这样在勉励你们的我自家，精神正颓丧得很呀！我还要说什么！我还有说话的资格吗！

（十月七日晚八时烟台舱中）

不知在什么时候，我记得你曾说过，沫若，你说："我们的拿起笔来要写，大约是已经成了习惯了，无论如何，我此后总不能绝对地废除笔墨的。"这一种冯妇之习，不但是你免不了，怕我也一样的吧。现在精神定了一定，我又想写了。

昨天船离了烟台，即起大风，船中的一班苦力，个个头上都淋成五色。这是什么理由呢？因为他们都是连绵席地而卧，所以你枕我的头，我枕你的脚。一人吐了，二人就吐，三人四人，传染过去。铤而走险，急不能择，他们要吐的时候就不问是人头人足，如长江大河地直泻下来。起初吐的是杂物，后来吐黄水，最后就赤化了。我在这一个大吐场里，心里虽则难受，却没有效他们的颦，大约是曾经沧海的结果，也许是我已经把心肝呕尽，没有吐的材料了。

今天的落日，是在七十二沽的芦草上看的。几堆泥屋，一滩野草，野草里的鸡犬，泥屋前的穿红布衣服的女孩，便是今日的落照里的风景。

船靠岸的时候，已经是夜半了。二哥哥在埠头等我。半年不见，在青白的瓦斯光里他说我又瘦了许多。非关病酒，不是悲秋，我的瘦，却是杜甫之瘦，儒冠之害呀！

从清冷的长街上，在灰暗凉冷的空气里，把身体搬上这家旅店里之后，哥哥才把新总统明晚晋京的话告诉我听。好一个魏武之子孙，几年来的大愿总算成就了，但是，但是只可怜了我们小百姓，有苦说不出来。听说上海又将打电报，抬菩萨，祭旗拜斗地大耍猴子戏。我希望那些有主张的大人先生，要干快干，不要虚张声势地说："来来来！干干干！"因为调子唱得高的时候，胡琴有脱板的危险。中国的没有真正革命起来的原因，大约是受的"发明电报者"之害哟！

几天不看报，倒觉得清净得很。明天一到北京，怕又不得不目睹那些中国特有的承平气象，我生在这样的一个太平时节，心里实在是怕看这些黄帝之子孙的文明制度了。

夜也深了，老车站的火车轮声，也渐渐地听不见了，这一间奇形怪状的旅舍里，也只充满了鼾声。窗外没有月亮，冷空气一阵一阵地来包围我赤裸裸的双脚。我虽则到了天津，心里依然是犹豫不定：

"究竟还是上北京去做流氓去呢，还是到故乡家里去做隐士？"

名义上自然是隐士好听，实际上终究是漂流有趣。等我来问一个诸葛神卦，再决定此后的行止吧！

　　敕敕敕，弟子郁……

　　……

　　……

　　　　　（十月八日夜三时书于天津的旅馆内）

读 与 思

　　郁达夫曾写过"对大自然的迷恋，似乎是我从小的一种天性"这样的句子，可见他对于大自然有种近乎痴迷的喜爱。他笔下的景观都是有感而发的。这种美通过他笔下的文字反映出来，令读者在阅读时同样可感受到美的冲击。对于大自然的壮美，你们是否也有自己的体验和想法？有什么自然风景曾经给你留下深刻的印象？可以详细描写一下它的特征以及给你留下的感受和感悟。

超山的梅花

提示导读

◆◇◆

　　郁达夫曾写过不少游记散文，在清丽的笔调下，他总是能抓住景物的典型特征进行细腻的描绘，给人以美的感受。这篇《超山的梅花》便能体现这种特点。文章开头，作者先介绍了超山今昔的不同地位，使读者对超山的历史有了全面的了解。接着，同样是从今昔两方面说明去超山的路线：乘船的雅趣和乘车的便利。而汽车所经过的临平镇和塘栖镇，曾有无数文人墨客在此留下足迹，也有很多居民依靠这里的物产过活，仿佛"梅妻鹤子"的高雅情趣。车过临平，超山在望，至此，文章才从正面描写梅花，仅"雪海"二字，便足以概括梅林之多、梅花之盛。接下来，作者还提到了赏梅的最佳处，考证了有关报慈寺水井石碣的典故，最后，作者又特别提到了超山不得不去的一处地方——塘栖镇，塘栖浓厚的历史氛围、热闹的生活场景令人无限流连。整篇文章，作者把超山的梅花、地理、历史、人文为读者——道来，笔调清丽悠闲，使人不由得想去超山探梅访古一番。

　　凡到杭州来游的人，因为交通的便利，和时间的经济的关系，总只在西湖一带，登山望水，漫游两三日，便买些土产，如竹篮纸伞之类，匆匆回去；以为雅兴已尽，尘土已经涤去，杭州的山水佳处，都曾享受过了。所以古往今来，一般人只知道三竺六桥，九溪十八涧，或西湖十景，苏小岳王；而离杭城三五十里稍东偏北的一带山水，现在简直是很少有人去玩，并且也不大有人提起的样子。

　　在古代可不同；至少至少，在清朝的乾嘉道光，去今百余年前，杭州人是好游的，总没有一个不留恋西溪，也没有一个不披蓑戴笠去看半山（即皋亭山）的桃花、超山的香雪的。因为那时候杭州和外埠的交通，所取的路径都是水道；从嘉兴上海等处来往杭州，运河是必经之路。舟入塘栖，两岸就看得到山影；到这里，自杭州去他处的人，渐有离乡去国之感，自外埠到杭州来的人，方看得到山明水秀的一个外廓；因而塘栖镇，和超山、独山等处，便成了一般旅游之人对杭州的记忆的中心。

　　超山是在塘栖镇南，旧日仁和县（现在并入杭县了）东北六十里的永和乡的，据说高有五十余丈，周二十里（咸淳《临安志》作三十七丈），因其山超然出于皋亭、黄鹤之外，故名。

　　从前去游超山，是要从湖墅或拱宸桥下船，向东向北向西向南，曲折回环，冲破菱荇水藻而去的；现在汽车路已经开通，自清泰门向东直驶，至乔司站落北更向西，抄过临平镇，由临平山西北，再驰十余里，就可以到了；"小红唱曲我吹箫"的船行雅处，现在虽则要被汽车的机器油破坏得丝缕无余，但坐船和坐汽车的时间的比例，却有五与一的大差。

汽车走过的临平镇，是以释道潜的一首"风蒲猎猎弄轻柔，欲立蜻蜓不自由，五月临平山下路，藕花无数满汀洲"的绝句出名；而超山北面的塘栖镇，又以南宋的隐士、明末清初的田园别墅出名；介于塘栖与超山之间的丁山湖，更以水光山色、鱼虾果木出名；也无怪乎从前的文人骚客，都要向杭州的东面跑，而超山皋亭山的名字每散见于诸名士的歌咏里了。

超山脚下，塘栖附近的居民，因为住近水乡，阡陌不广之故，所靠以谋生的完全是果木的栽培。自春历夏，以及秋冬，梅子、樱桃、枇杷、杏子、甘蔗之类的出产，一年总有百万元内外。所以超山一带的梅林，成千成万；由我们过路的外乡人看来，只以为是乡民趣味的高尚，个个都在学林和靖的终身不娶，殊不知实际上他们却是正在靠此而养活妻孥的哩！

超山的梅花，向来是开在立春前后的；梅干极粗极大，枝杈离披四散，五步一丛，十步一坂，每个梅林，总有千株内外，一株的花朵，又有万颗左右；故而开的时候，香气远传到十里之外的临平山麓，登高而远望下来，自然自成一个雪海；近年来虽说梅株减少了一点，但我想比到罗浮的仙境，总也只有过之，不会不及。

从杭州到超山去的汽车路上，过临平山后，两旁已经有一处一处的梅林在迎送了，而汇聚得最多，游人所必到的看梅胜地，大抵总在汽车站西南，超山东北麓，报慈寺大明堂（亦称大明寺）前头，梅花丛里有一个周梦坡筑的宋梅亭在那里的周围五六里地的一圈地方。

报慈寺里的大殿（大约就是大明堂了吧？），前几年被寺的仇人毁坏了，当时还烧死了一位当家和尚在殿东一块石碑之下。但殿后的一块刻有吴道子画的大士像的石碑，还好好地镶在壁里，丝毫也没有动。去年我去的时候，寺僧刚在募化重修大殿；殿外面的东头，并且已经盖好了三间厢房在做客室。后面高一段的三间后殿，火烧时也不曾烧去，和尚手指着立在殿后壁里的那一块石刻大士像碑说："这都是这位大慈大悲救苦救难广大灵感观世音菩萨的福佑！"

在何春渚删成的《塘栖志略》里，说大明寺前有一口井，井水甘冽，旁树石碣，刻有"一人堂堂，二曜重光，泉深尺一，点去冰旁；二人相连，不欠一边，三梁四柱烈火燃，添却双钩两日全"之碑铭，不识何意等语。但我去大明堂（寺）的时候，却既不见井，也不见碑；而这条碑铭，我从前是曾在一部笔记叫作《桂苑丛谈》的书里看到过一次的。这书记载着："令狐相公出镇淮海日，支使班蒙，与从事诸人，俱游大明寺之西廊，忽睹前壁，题有此铭，诸宾皆莫能辨，独班支使曰：'得非大明寺水，天下无比八字乎？'众皆恍然。"从此看来，《塘栖志略》里所说的大明寺井碑，应是抄来的文章，而编者所谓不识何意者，还是他在故弄玄虚。当然，寺在山麓，地又近水，寺前寺后，井是当然有一口的；井里的泉，也当然是清冽的；不过此碑此铭，却总有点儿可疑。

大明寺前的所谓宋梅，是一棵曲屈苍老，根脚边只剩了两条树皮围拱，中间空心，上面枝干四叉的梅树。因为怕有人折，树外面全部是用一铁丝网罩住的。树当然是一株老树，起码也要比我的年纪大一两倍，但究竟是不是宋梅，我却不敢断定。去年秋天，曾在天台山国清寺的伽蓝殿前，看见过一株所谓隋梅；前年冬天，也曾在临平山下安隐寺里看见过一枝所谓唐梅；但所谓隋，所谓

唐，所谓宋等等，我想也不过"所谓"而已，究竟如何，还得去问问植物考古的专家才行。

出大明堂，从梅花林里穿过，西面从吴昌硕的坟旁一条石砌路上攀登上去，是上超山顶去的大路了。一路上有许多同梦也似的疏林，一株两株如被遗忘了似的红白梅花，不少的坟园，在招你上山，到了半山的竹林边的真武殿（俗称中圣殿）外，超山之所以为超，就有点感觉得到了；从这里向东西北的三面望去，是汪洋的湖水，曲折的河身，无数的果树，不断的低岗，还有塘的两面的点点的人家；这便算是塘栖一带的水乡全景的鸟瞰。

从中圣殿再沿石级上去，走过黑龙潭，更走二里，就可以到山顶，第一要使你骇一跳的，是没有到上圣殿之先的那一座天然石筑的天门。到了这里，你才晓得超山的奇特，才晓得志上所说的"山有石鱼石笋等，他石多异形，如人兽状"诸记载的不虚。实实在在，超山的好处，是在山头一堆石，山下万梅花，至若东瞻大海，南眺钱江，田畴如井，河道如肠，桑麻遍地，云树连天等形容词，则凡在杭州东面的高处，如临平山黄鹤峰上都用得着的，并非超山独一无二的绝景。

你若到了超山之后，则北去超山七里地外的塘栖镇上，不可不去一到。在那些河流里坐坐船，果树下跑跑路，趣味实在是好不过。两岸人家，中夹一水；走过丁山湖时，向西面看看独山，向东首看看马鞍龟背，想象想象南宋垂亡，福王在庄

（至今其地还叫作福王庄）上所过的醉生梦死脂香粉腻的生涯，以及明清之际，诸大老的园亭别墅，台榭楼堂，或康熙乾隆等数度的临幸，包管你会起一种像读《芜城赋》似的感慨。

又说到了南宋，关于塘栖，还有好几宗故事，值得一提。第一，《卓氏家乘·唐栖考》里说："唐栖者，唐隐士所栖也；隐士名珏，字玉潜，宋末会稽人。少孤，以明经教授乡里子弟而养其母。至元戊寅，浮图总统杨连真伽，利宋攒宫金玉，故为妖言惑主听，发掘之。珏怀愤，乃货家俱，召诸恶少，收他骨易遗骸，瘗兰亭山后，而树冬青树识焉。珏后隐居唐栖，人义之，遂名其地为唐栖。"这镇名的来历说，原是人各不同的，但这也岂不是一件极有趣的故事吗？还有塘栖西龙河圩，相传有宋宫人墓；昔有士子，秋夜凭栏对月，忽闻有环佩之声，不寐听之，歌一绝云："淡淡春山抹未浓，偶然还记旧行踪，自从一入朱门去，便隔人间几万重。"闻之酸鼻。这当然也是一篇绝哀艳的鬼国文章。

塘栖镇跨在一条水的两岸，水南属杭州，水北属德清；商市的繁盛，酒家的众多，虽说只是一个小小的镇集，但比起有些县城来，怕还要闹热几分。所以游过超山，不愿在山上吃冷豆腐黄米饭的人，尽可以上塘栖镇上去痛饮大嚼；从山脚下走回汽车路去坐汽车上塘栖，原也很便，但这一段路，总以走走路坐坐船更为合适。

一九三五年一月九日

读与思

　　在这篇文章中，作者描写了很多关于超山和周边古镇的历史典故和名人诗歌，可见作者涉猎之广、知识之渊博，这也让文章变得更有可读性和趣味性，也赋予了超山深刻的文化内涵。请选择文中你最感兴趣的一首诗歌朗读并赏析。

杭州的八月

导读提示

郁达夫出生于浙江省富阳市，从小在浙江长大，他的作品中，有相当一部分在追忆杭州。他对杭州有着特殊的情愫，曾有诗："儿时曾作杭州梦，初到杭州似梦中。笑把金樽邀落日，绿杨城郭正春风。"八月的杭州，最让作者记忆犹新的是满觉陇香气醉人的桂花和钱塘江的潮汛。钱塘江潮汛是杭州最独特的景观，也是这篇文章重点描写的对象。作者通过吴王夫差杀伍子胥的传说叙述了秋潮的来源，又考证了唐到南宋的秋潮之大以及海宁江边铁牛镇铸风俗的由来，既是在写自己的回忆，也是在写历史的痕迹。在千百年的沧桑巨变之间，历史在不断推进，秋潮却得以"传承"，提供着杭州人赖以生存的物质来源，这一最独特的景观又何尝不是郁达夫对杭州的精神寄托呢？

　　杭州的废历八月，也是一个极热闹的月份。自七月半起，就有桂花栗子上市了，一入八月，栗子更多，而满觉陇南高峰翁家山一带的桂花，更开得来香气醉人。八月之名桂月，要身入到满觉陇去过一次后，才领会得到这名字的相称。

　　除了这八月里的桂花，和中国一般的八月半的中秋佳节之外，在杭州还有一个八月十八的钱塘江的潮汛。

　　钱塘的秋潮，老早就有名了，传说就以为是吴王夫差杀伍子胥沉之于江，子胥不平，鬼在作怪之故。《论衡》里有一段文章，驳斥这事，说得很有理由："传书言，'吴王夫差杀伍子胥，煮之于镬，乃以鸱夷橐，投之于江，子胥恚恨，驱水为涛，以溺杀人……'夫言吴王杀子胥，投之于江，实也，言其恨恚，驱水为涛者，虚也。……夫卫菹子路，而汉烹彭越，子胥勇猛，不过子路彭越，然二士不能发怒于鼎镬之中……子胥亦自先入镬，后乃入江，在镬中之时其神安居，岂怯于镬汤，勇于江水哉？何其怒气前后不相副也？"可是《论衡》的理由虽则充足，但传说的力量，究竟十分伟大，至今不但是钱塘江头，就是庐州城内淝河岸边，以及江苏福建等滨海傍湖之处，仍旧还看得见塑着白马素车的伍大夫庙。

　　钱塘江的潮，在古代一定比现时还要来得大。这从高僧传唐灵隐寺释宝达，诵咒咒之，江潮方不至激射潮上诸山的一点，以及南宋高宗看潮，只在江干候潮门外搭高台的一点看来，就可以明白。现在则非要东去海宁，或五堡八堡，才看得见银海潮头一线来了。这事情从阮元的《揅经室集·浙江图考》里，也可以看得到一些理由，而江身沙涨，总之是潮不远上的一个最大原因。

还有梁开平四年（九一〇年），钱武肃王为筑捍海塘，而命强弩数百射涛头，也只在候潮通江门外。至今海宁江边一带的铁牛镇铸，显然是师武肃王的遗意，后人造作的东西。（我记得铁牛铸成的年份，是在清顺治年间，牛身上印在那里的文字，还隐约辨得出来。）

沧桑的变革，实在厉害得很，可是杭州的住民，直到现在，在靠这一次秋潮而发点小财，做些买卖的，为数却还不少哩！

读 与 思

　　杭州是一座充满魅力的城市，古今中外无数名人都对这里流连忘返，留下了不少醉人的诗篇，而这也赋予了杭州厚重的历史文化气息。我们游览一个地方，如果怀着好奇心去探究背后隐藏的历史故事，那么这趟旅程一定会更有趣味和意义。

　　作者在文中提到了不少历史故事，不妨选择你感兴趣的一个，查资料了解一下背后的故事吧。下次去杭州的时候，心情一定会不一样。

西溪的晴雨

西溪位于杭州西北面，以深秋在溪中看芦花怒放而闻名，有着浓厚的历史文化积淀。文章记叙了作者携友人两次游览西溪的经历，一次是在雨中，一次是在晴日。雨中游西溪，原因是源宁觉得西湖的湖光山色"太整齐，太小巧，不够味儿"，作为文人，他有着自己独特的审美情趣。于是作者和友人秋原主张三人在微雨中下西溪。他们不像常人一样走正宗的路线，而是先坐汽车，一路上曲折回合，反而收获了空明朦胧的美和闲适的野趣。而晴日游西溪，是和另一对友人老龙夫妇去的。在夕阳时分看着尚未怒放的芦花荡，偶遇雅僧，与友人同醉，挥洒笔墨，好似苏子泛舟游赤壁的场景，这是何等的闲情逸致！文章题为西溪的晴雨，在描写西溪景色的同时，更体现出作者与友人风雅的文情和独特的审美。

西北风未起，蟹也不曾肥，我原晓得芦花总还没有白，前两星期，源宁来看了西湖，说他倒觉得有点失望，因为湖光山色，太整齐，太小巧，不够味儿，他开来的一张节目上，原有西溪的一项；恰巧第二天又下了微雨，秋原和我就主张微雨里下西溪，好教源宁去尝一尝这西湖近旁的野趣。

天色是阴阴漠漠的一层，湿风吹来，有点儿冷，也有点儿香，香的是野草花的气息。车过方井旁边，自然又下车来，去看了一下那座天主圣教修士们的古墓。从墓门望进去，只是黑沉沉、冷冰冰的一个大洞，什么也看不见，鼻子里却闻吸到了一种霉灰的阴气。

把鼻子掀了两掀，耸了一耸肩膀，大家都说，可惜忘记了带电筒，但在下意识里，自然也有一种恐怖、不安和畏缩的心意，在那里作恶，直到了花坞的溪旁，走进窗明几净的静莲庵堂去坐下，喝了两碗清茶，这一些鬼胎，方才洗涤了个空空脱脱。

游西溪，本来是以松木场下船，带了酒盒行厨，慢慢儿地向西摇去为正宗。像我们那么高坐了汽车，飞鸣而过古荡，东岳，一个钟头要走百来里路的旅客，终于是难度的俗物，但是俗物也有俗益，你若坐在汽车座里，引颈而向西向北一望，直到湖州，只见一派空明，遥盖在淡绿成荫的斜平海上；这中间不见水，不见山，当然也不见人，只是渺渺茫茫，青青绿绿，远无岸，近亦无田园村落的一个大斜坡，过秦亭山后，一直到留下为止的那一条沿山大道上的景色，好处就在这里，尤其是当微雨朦胧、江南草长的春或秋的半中间。

从留下下船，回环曲折，一路向西向北，只在芦花浅水里打圈圈；圆桥茅舍，桑树蓼花，是本地的风光，还不足道；最古怪的，是剩在背后的一带湖上的青山，不知不觉，忽而又会得移上你的面前来，和你点一点头，又匆匆地别了。

摇船的少女，也总好算是西溪的一景；一个站在船尾把摇橹，一个坐在船头上使桨，身体一伸一俯，一往一来，和橹声的咿呀，水波的起落，凑合成一大又圆又曲的进行软调；游人到此，自然会想起瘦西湖边，竹西歌吹的闲情，而源宁昨天在漪园月下老人祠里求得的那支灵签，仿佛是完全地应了，签诗的语文，是《鄘风·桑中》章末后的三句，叫作"期我乎桑中，要我乎上宫，送我乎淇之上矣"。

此后便到了茭芦庵，上了弹指楼，因为是在雨里，带水拖泥，终于也感不到什么的大趣，但这一天向晚回来，在湖滨酒楼上放谈之下，源宁却一本正经地说："今天的西溪，却比昨日的西湖，要好三倍。"

前天星期假日，日暖风和，并且在报上也曾看到了芦花怒放的消息，午后日斜，老龙夫妇，又来约去西溪，去的时候，太晚了一点，所以只在秋雪庵的弹指楼上，消磨了半日之半。一片斜阳，反照在芦花浅渚的高头，花也并未怒放，树叶也不曾凋落，原不见秋，更不见雪，只是一味地晴明浩荡，飘飘然，浑浑然，洞贯了我们的肠腑。老僧无相，烧了面，泡了

061

茶，更送来了酒，末后还拿出了纸和墨。我们看看日影下的北高峰，看看庵旁边的芦花荡，就问无相，花要几时才能全白？老僧操着缓慢的楚国口音，微笑着说："总要到阴历十月的中间；若有月亮，更为出色。"说后，还提出了一个交换的条件，要我们到那时候，再去一玩，他当预备些精馔相待，聊当作润笔，可是今天的字，却非写不可。老龙写了"一剑横飞破六合，万家憔悴哭三吴"的十四个字。我也附和着抄了一副不知在哪里见过的联语："春梦有时来枕畔，夕阳依旧上帘钩。"

喝得酒醉醺醺，走下楼来，小河里起了晚烟，船中间满载了黑暗，龙妇又逸兴遄飞，不知上哪里去摸出了一支洞箫来吹着。"其声呜呜然，如怨如慕，如泣如诉，余音袅袅，不绝如缕"，倒真有点像是七月既望，和东坡在赤壁的夜游。

一九三五年十月二十二日

读与思

　　同样的地方，在不同的时间、跟不同的人游玩可能会产生不一样的感受，这会丰富我们的人生体验。作者两次去西溪，一次是雨天，一次是晴日，却都有着非常雅致的品味。你觉得哪一次的场景更打动你呢？你是否也有过类似的经历？

方岩纪静

◇◇◇

　　1933年秋冬，郁达夫受杭江铁路车务主任之邀，开始了游历浙东之旅。他在《杭江小历纪程》写道："因来杭枯住日久，正想乘这秋高气爽的暇时，出去转换转换空气，有此良机，自然不肯轻易放过。"正是在这次旅途中，他来到了永康方岩这座具有地标性质的名山。方岩名气之大，多仰仗胡公庙神迹之显、香火之盛。以至于近百年前，当地就形成相应的"旅游经济"，轿夫兼任导览，对山势如数家珍。乡下先生为一种派出代理人，兜揽顾客。然而作者一行人不远万里，必欲至此，则是因为方岩别样的山清水秀。山水奇特，也引得郁达夫巧思万千，远想到埃及的斯芬克斯，古潮及宋儒讲学以自然压人欲。作者不为凡俗香火所扰，唯念景色之清丽，又从自然联想古今，实为别致的观山之道。

方岩在永康县东北五十里。自金华至永康的百余里，有公共汽车可坐，从永康至方岩就非坐轿或步行不可；我们去的那天，因为天阴欲雨，所以在永康下公共汽车后就都坐了轿子，向东前进。十五里过金山村，又十五里到芝英是一大镇，居民约有千户，多应姓者；停轿少息，雨越下越大了，就买了些油纸之类，作防雨具。再行十余里，两旁就有起山来了，峰岩奇特，老树纵横，在微雨里望去，形状不一，轿夫一一指示说：

"这是公婆岩，那是老虎岩，……老鼠梯。"等等，说了一大串，又数里，就到了岩下街，已经是在方岩的脚下了。

凡到过金华的人，总该有这样的一个经验，在旅馆里住下后，每会有些着青布长衫，文质彬彬的乡下先生，来盘问你：

"是否去方岩烧香的？这是第几次来进香了？从前住过哪一家？"

你若回答他说是第一次去方岩，那他就会拿出一张名片来，请你上方岩去后，到这一家去住宿。这些都是岩下街的房头，像旅店而又略异的接客者。远在数百里外，就有这些派出代理人来兜揽生意，一则也可以想见一年到头方岩香市之盛，一则也可以推想岩下街四五百家人家，竞争的激烈。

岩下街的所谓房头，经营旅店业而专靠胡公庙吃饭者，总有三五千人，大半系程应二姓，文风极盛，财产也各可观，房子都系三层楼。大抵的情形，下层系建筑在谷里，中层沿街，上层为楼，房间一家总有三五十间，香市盛的时候，听说每家都患人满。香客之自绍兴、处州、杭州及近县来者，为数固已不少，最远者，且有自福建来的。

从岩下街起，曲折再行三五里，就上山；山上的石级是数不清的，密而且峻，盘旋环绕，要过一个钟头，才走得到胡公庙的峰门。

胡公名则，字子正，永康人，宋兵部侍郎，尝奏免衢婺二州民丁钱，所以百姓感德，立庙祀之。胡公少时，曾在方岩读过书，故而庙在方岩者为老牌真货。且时显灵异，最著名的，有下列数则：

> 宋徽宗时，寇略永康，乡民避寇于方岩，岩有千人坑，大藤悬挂，寇至缘藤而上，忽见赤蛇啮藤断，寇都坠死。
>
> 盗起清溪，盘踞方岩，首魁夜梦神饮马于岩之池，平明池涸，其徒惊溃。
>
> 洪杨事起，近乡近村多遭劫，独方岩得无恙。
>
> 民国三年，嵊县乡民，慕胡公之灵异，造庙祀之，乘昏夜来方岩盗胡公头去，欲以之造像，公梦示知事及近乡农民，属捉盗神像头者，盗尽就逮。是年冬间嵊县一乡大火，凡预闻盗公头者皆烧失。翌年八月该乡民又有二人来进香，各毙于路上。

　　类似这样的奇迹灵异，还数不胜数，所以一年四季，方岩香火不绝，而尤以春秋为盛，朝山进香者，络绎于四方数百里的途上。金华人之远旅他乡者，各就其地建胡公庙以祀公，虽然说是迷信，但感化威力的广大，实在也出乎我们的意料之外，这就是方岩的盛名所以能远播各地的一近因而说的话，至于我们的不远万里，必欲至方岩一看的原因，却在它的山水的幽静灵秀，完全与别种山峰不同的地方。

　　方岩附近的山，都是绝壁陡起，高二三百丈，面积周围三五里至六七里不等。而峰顶与峰脚，面积无大差异，形状或方或圆，绝似硕大的撑天圆柱。峰岩顶上，又都是平地，林木丛丛，簇生如发。峰的腰际，只是一层一层的沙石岩壁，可望而不可登。间有瀑布奔流，奇树突现，自朝至暮，因日光风雨之移易，形状景象，也千变万化，捉摸不定。山之伟观到此大约是可以说得已臻极顶了吧？

　　从前看中国画里的奇岩绝壁，皴法皱迭，苍劲雄伟到不可思议的地步，现在到了方岩，向各山略一举目，才知道南宗北派的画山点石，都还有未到之处。在学校里初学英文的时候，读到那一位美国清教作家何桑的《大石面》一篇短篇，颇生异想，身到方岩，方知年幼时的少见多怪，像那篇小说里所写的大石面，在这附近真不知有多多少少。我不曾到过埃及，不知沙漠中的 Sphinx 比起这些岩面来，又该是谁兄谁弟。尤其是天造地设，清幽岑寂到令人毛发悚然的一区境界，是方岩北面相去约二三里地的寿山下五峰书院所在的地方。

北面数峰，远近环拱，至西面而南偏，绝壁千丈，成了一条上突下缩的倒覆危墙。危墙脚下，离地约二三丈的地方，墙脚忽而不见，形成大洞，似巨怪之张口，口腔上下，都是石壁，五峰书院，丽泽祠，学易斋，就建筑在这巨口的上下腭之间，不施椽瓦，而风雨莫及，冬暖夏凉，而红尘不到。更奇峭者，就是这绝壁的忽而向东南的一折，递进而突起了固厚、瀑布、桃花、复釜、鸡鸣的五个奇峰，峰峰都高大似方岩，而形状颜色，各不相同。立在五峰书院的楼上，只听得见四周飞瀑的清音，仰视天小，鸟飞不渡，对视五峰，青紫无言，向东展望，略见白云远树，浮漾在楔形阔处的空中。一种幽静、清新、伟大的感觉，自然而然地袭向人来；朱晦翁、吕东莱、陈龙川诸道学先生的必择此地来讲学，以及一般宋儒的每喜利用山洞或风景幽丽的地方做讲堂，推其本意，大约总也在想借了自然的威力来压制人欲的缘故，不看金华的山水，这种宋儒的苦心是猜不出来的。

初到方岩的一天，就在微雨里游尽了这五峰书院的周围，与胡公庙的全部。庙在岩顶，规模颇大，前前后后，也有两条街，许多房头，在蒙胡公的福荫；一人成佛，鸡犬都仙，原是中国的旧例。胡公神像，是一位赤面长须的柔和长者，前殿后殿，各有一尊，相貌装饰，两都一样，大约一尊是预备着于出会时用的。我们去的那日，大约刚逢着了废历的十月初一，庙中前殿戏台上在演社戏敬神。台前簇拥着许多老幼男女，各流着些被感动了的随喜之泪，而戏中的情节说辞，我们竟一点也不懂；问问立在我们身旁的一位像本地出身，能说普通话的中老绅士，方知戏班是本地班，所演的为《杀狗劝妻》一类的孝义杂剧。

从胡公庙下山，回到了宿处的程××店中，则客堂上早已经点起了两支大红烛，摆上了许多大肉大鸡的酒菜，在候我们吃晚饭了，菜蔬丰盛到了极点，但无鱼少海味，所以味也不甚适口。

第二天破晓起来，仍坐原轿绕灵岩的福善寺回永康，路上的风景，也很清异。

第一，灵岩也系同方岩一样的一枝突起的奇峰，峰的半空，有一穿心大洞，长约二三十丈，广可五六丈左右，所谓福善寺者，就系建筑在这大山洞里的。我们由东首上山进洞的后面，通过一条从洞里隔出来的长巷，出南面洞口而至寺内，居然也有天王殿、韦驮殿、观音堂等设置，山洞的大，也可想见了。南面四山环抱，红叶青枝，照耀得可爱之至；因为天晴了，所以空气澄鲜，一道下山去的曲折石级，自上面瞭望下去，更觉得幽深到不能见底。

下灵岩后，向西北的绕道回去，一路上尽是些低昂的山岭与旋绕的清溪，经过园内有两株数百年古柏的周氏祠庙，将至俗名"耳朵岭"的五木岭口的中间，一段溪光山影，景色真像是在画里；西南处州各地的远山，呼之欲来，回头四望，清入肺腑。

过五木岭，就是一大平原，北山隐隐，已经看得见横空的一线，十五里到永康，坐公共汽车回金华，还是午后三四点钟的光景。

读 与 思

像方岩这种兼具人文历史与自然景观的名山还有不少，或如五岳名扬四海，又或是在当地极具知名度。爬山不仅锻炼身体，开阔视野，更能怀古访迹，润泽心灵。选取一座你向往的山峰，找个时间去游览和体悟吧！

仙霞纪险

提示导读

仙霞关，古称古泉山，为中国古代关隘。古人称"两浙之锁钥，入闽之咽喉"，历来为兵家必争之地，与剑门关、函谷关、雁门关并称中国四大古关口。仙霞关之旅，既是对险峰的探奇，也是对乱世之中惊惧、忧虑生活的触碰。余光中说："游记作者要传的是山水的精神，不是山水的家谱。"郁达夫捕捉山水雄奇多变，同时描绘游者自身"喜惧交织"的内心世界。山民的消失，守卫的盘问，更为此行增添了惊险。出关后，行程接近尾声，作者这才发现"仙霞"之名的妙处，大有"不识庐山真面目，只缘身在此山中"之意。

从衢州南下，一路上迎送着的有不断的青山，更超过几条水色蓝碧的江身，经一大平原，过双塔地，到一区四山围抱的江城，就是江山县了。

江山是以三片石的江郎山出名的地方，南越仙霞关，直通闽粤，西去玉山，便是江西；所谓七省通衢，江山实在是第一个紧要的边境。世乱年荒，这江山县人民的提心吊胆、打草惊蛇的状况，也可以想见的了；我们南来，也不过想见识见识仙霞关的险峻，至于采风访俗，玩水游山，在这一个年头，却是不许轻易去尝试的雅事，所以到江山的第二日一早，我们就亟亟地雇了一辆汽车，驰往仙霞关去。

在南门外的汽车站上车，三里就到俗名东岳山，有一块老虎岩，并一座明嘉靖年间建置的塔在的景星山下；南行二十里，远远望得见冲天的三块巨岩江郎山，或合或离，在东面的群山中跳跃；再去是淤头，是峡口，是仙霞岭的区域了，去江山虽有八九十里路程，但汽车走走，也只走了两三个钟头的样子。

仙霞岭的面貌，实在是雄奇伟大得很！老远看来，就是那么高那么大的这排百里来长的仙霞山脉，近来一看，更觉得是不见天日了。东西南的三面，湾里有湾，山上有山；奇峰怪石，老树长藤，不计其数；而最曲折不尽，令人方向都分辨不出来的，是新从关外二十八都筑起，沿龙溪、化龙溪两支深山中的大水而行的那条通江山的汽车公路。

五步一转弯，三步一上岭，一面是流泉涡旋的深坑万丈，一面又是鸟飞不到的绝壁千寻。转一个弯，变一番景色，上一个岭，辟一个天地，上上下下，去去回回，我们在仙霞山中，龙溪岸上，自北去南，因为要绕过仙霞关去，汽车足足走了有一个多钟头的山路。山的高，水的深，与夫弯的多，路的险，不折不扣地说将出来，比杭州的九溪十八涧，起码总要超过三百多倍。要看山水的曲折，要试车路的崎岖，要将性命和运命去拼拼，想尝一尝生死关头、千钧一发的冒险异味的人，仙霞岭不可不到，尤其是从仙霞关北麓绕路出关，上关南二十八都去的这一条新辟的汽车公路，不可不去一走。车到关南，行经小竿岭的那个隘口，近瞰二十八都谷底里的人家，远望浦城枫岭诸峰的青影的时候，我真感到了一种一则以喜一则以惧的说不出的心理；喜的是关后许多险隘，已经被我走过了，惧的是直望山脚的目的地二十八都，虽然是只离开了一程抛石的空间，但山坡陡峭，直冲下去，总也还有两三千尺的高度。这时候回头来看看仙霞关，一条石级铺得像蛇腹似的曩时的鸟道，却早已高高隐没在云雾与树木的中间了。

从小竿岭的隘口下来，盘旋回绕，再走了三四十分钟，到仙霞关外第一口的二十八都去一看，忽然间大家的身上又起了一层鸡皮的细粒。

太阳分明是高照在那里，天色当然是苍苍的，高大的人家的住屋，也一层一层地排列着在，但是人哩，活得生动着的人哩，人都到哪里去了呢？

许许多多的很整齐的人家，窗户都是掩着的，门却是半开半闭，或者竟全无地空空洞洞同死鲈鱼的嘴似的张开在那里。

踏进去一看，地下只散乱铺着有许多稻草。脚步声在空屋里反射出来的那一种响声，自己听了也要害怕。忽而索落落屋角的黑暗处稻草一动，偶尔也会立起一个人来，但只光着眼睛，向你上下一打量，他就悄悄地避开了。你若追上去问他一句话呢，他只很勉强地站立下来，对你又是光着眼睛地一番打量，摇摇头，露一脸阴风惨惨的苦笑，就又走了，回话是一句也不说的。

我们照这样的搜寻空屋，搜寻了好几处，才找到了一所基干队驻扎在那里的处所。守卫的兵士，对我们起初当然也是很含有疑惧地一番打量，听了我们的许多说明之后，他才开口说："昨晚上又有谣言。居民是自从去年九月以来，早就搬走了。在这里要吃一顿饭，是很不容易，因为豆腐青菜都没有人做，但今天早晨，队长是已经接到了江山胡站长的信，饭大约总在预备了吧？"说了，就请我们上大厅去息息。我们看到了这一种情况，听到了那一番话，食欲早就被恐怖打倒了，所以道了一声队长万福，跳上车子，转身就走。

重回到小竿岭的那个隘口的时候，几刻钟前曾经盘问我们过，幸亏有了陈万里先生的那个徽章证明，才安然放我们过去的那位捧大刀的守卫兵，却笑着对我们说："你们就回去了吗？"回来一过此口，已经入了安全地带，我们的胆子也大起来了，就在龙溪边上，一处叫作大坞的溪桥旁边下了车，打算爬上山去，亲眼去看一看那座也可以说是一夫当关，万夫莫

开，宋史浩方把石路铺起来的仙霞关口。一面，叫空车子仍遵原路，绕到仙霞关北相去五里的保安村去等候我们，好让我们由关南上岭，关北下山，一路上看看风景。

据书的记载，则仙霞岭高三百六十级，凡二十四曲，有五关，×十峰等等。我们因为是从半腰里上去的，所以所走的只是关门所在的那一段。

仙霞关，前前后后，有四个关门。第二关的边上，将近顶边的地方，有一座新筑的碉楼在那里，据陪我们去游的胡站长说，江山近旁，共有碉楼四十余处，是新近才筑起来的，但汽车路一开，这些碉楼，这座雄关，将来怕都要变成些虚有其名的古迹了。

仙霞关内的岭顶，有一座霞岭亭，亭旁住着一家人家，从前大约是守关官吏的住所，现在却只剩了一位老人，在那里卖茶给过路的行人。

北面出关，下岭里许，是一个关帝庙。规模很大，有观音阁、浣霞池亭等建筑，大约从前的闽浙官吏来往，总是在这庙内寄宿的无疑。现在东面浣霞池的亭上，还有许多周亮工的过关诗，以及清初诸名宦的唱和诗碣，嵌在石壁的中间。

在关帝庙里喝了一碗茶，买了些有名的仙霞关的绿茶茶叶，晚霞已经围住了山腰，我们的手上脸上都感觉得有点潮润起来了，大家就不约而同地叫了出来：

"啊！原来这里就是仙霞！不到此地，可真不晓得这关名下岭过溪，走到溪旁的保安村里，坐上车子，再探头出来看了一眼曾经我们走过的山岭，这座东南的雄镇，却早已羞羞怯怯，躲入到一片白茫茫的仙霞怀里去了。

　　本篇和《方岩纪静》同属《浙东景物纪略》，这组游记还有《烂柯纪梦》《冰川纪秀》，共四篇。作者在标题中，用一个字点出了各地的特色。这种方式简明扼要，又让人印象深刻。你也尝试用一个字来描述概括一处景色，看看能否取其精髓。

钓台的春昼

【提示导读】

　　本文开篇道出了很多人的心理：越是离家近的风景名胜，越是没怎么去玩过。然而作者这次还是出发去了钓台，一个重要的背景是"我接到了警告"。1930年，郁达夫追随鲁迅，与无产阶级革命同步调，组织发起"中国左翼作家联盟"等，浙江省国民党党部发出通缉鲁迅、郁达夫等人的命令。1931年初，国民党加剧了对左翼文艺运动的文化"围剿"。这一背景也为本文抹上了一层暗淡的底色。

　　访严子陵的幽居钓台的起点站是桐庐城的桐君山，沿着轨迹，作者从山周夜景，写到山下氛围，再至半山意境。次日又至清静七里滩、荒凉严陵钓台。全文篇幅较长，景色描写丰富细腻，且有与少妇、船家等各色人等的遭遇，却萦绕着"悲歌痛哭终何补"和"他乡日暮"的悲哀。

因为近在咫尺，以为什么时候要去就可以去，我们对于本乡本土的名区胜景，反而往往没有机会去玩，或不容易下一个决心去玩的。正唯其是如此，我对于富春江上的严陵，二十年来，心里虽每在记着，但脚却没有向这一方面走过。一九三一，岁在辛未，暮春三月，春服未成，而中央党帝，似乎又想玩一个秦始皇所玩过的把戏了，我接到了警告，就仓皇离去了寓居。先在江浙附近的穷乡里，游息了几天，偶尔看见了一家扫墓的行舟，乡愁一动，就定下了归计。绕了一个大弯，赶到故乡，却正好还在清明寒食的节前。和家人等去上了几处坟，与许多不曾见过面的亲戚朋友，来往热闹了几天，一种乡居的倦怠，忽而袭上心来了，于是乎我就决心上钓台访一访严子陵的幽居。

钓台去桐庐县城二十余里，桐庐去富阳县治九十里不足，自富阳溯江而上，坐小火轮三小时可达桐庐，再上则须坐帆船了。

我去的那一天，记得是阴晴欲雨的养花天，并且系坐晚班轮去的，船到桐庐，已经是灯火微明的黄昏时候了，不得已就只得在码头近边的一家旅馆的楼上借了一宵宿。

桐庐县城，大约有三里路长，三千多烟灶，一两万居民，地在富春江西北岸，从前是皖浙交通的要道，现在杭江铁路一开，似乎没有一二十年前的繁华热闹了。尤其要使旅客感到萧条的，却是桐君山脚下的那一队花船的失去了踪影。说起桐君山，却是桐庐县的一个接近城市的灵山胜地，山虽不高，但因有仙，自然是灵了。以形势来论，这桐君山，也的确是可以产生出许多口音生硬、别具风韵的桐严嫂来的生龙活脉。地处在桐溪东岸，正当桐溪和富春江合流之所，依依一水，西岸便瞰视着桐庐县市的人家烟树。南面对江，便是十里长洲；唐诗人方干的故居，就在这十里桐洲九里花的花田深处。向西越过桐庐县城，更遥遥对着一排高低不定的青峦，这就是富春山的山子山孙了。东北面山下，是一片桑麻沃地，有一条长蛇似的官道，隐而复现，出没盘曲在桃花杨柳洋槐榆树的中间，绕过一支小岭，便是富阳县的境界，大约去程明道的墓地程坟，总也不过一二十里地的间隔。我的去拜谒桐君，瞻仰道观，就在那一天到桐庐的晚上，是淡云微月，正在作雨的时候。

鱼梁渡头，因为夜渡无人，渡船停在东岸的桐君山下。我从旅馆蹀了出来，先在离轮埠不远的渡口停立了几分钟，后来向一位来渡口洗夜饭米的年轻少妇，弓身请问了一回，才得到了渡江的秘诀。她说："你只需高喊两三声，船自会来的。"先谢了她教我的好意，然后以两手围成了播音的喇叭，"喂，喂，渡船请摇过来！"地纵声一喊，果然在半江的黑影当中，船身摇动了。渐摇渐近，五分钟后，我在渡口，却终于听出了咿呀柔橹的声音。时间似乎已经入了酉时的下刻，小市里的群动，这时候都已经静息，自从渡口的那位少妇，在微茫的夜色里，藏去了她那张白团团的面影之后，我独立在江边，不知不觉心里头却兀自感到了一种他乡日暮的悲哀。渡船到岸，船头上起了几声微微的水浪清音，又嗵咚地一响，我早已跳上了船，渡船也已经掉过头来了。坐在黑影沉沉的舱里，我起先只在静听着柔橹划水的声音，然后却在黑影里看出了一星船家在吸着的长烟管头上的烟火，最后因为被沉默压迫不过，我只好开口说话了："船家！你这样的渡我过去，该给你几个船钱？"我问。"随你先生把几个就是。"船家的说话冗慢悠长，似乎已经带着些睡意了，我就向袋里摸出了两角钱来。"这两角钱，就算是我的渡船钱，请你候我一会，上山去烧一次夜香，我是依旧要渡过江来的。"船家的回答，只是嗯嗯呜呜，幽幽同牛叫似的一种鼻音，然而从继这鼻音而起的两三声轻快的咳声听来，他却似已经在感到满足了，因为我也知道，乡间的义渡，船钱最多也不过是两三枚铜子而已。

到了桐君山下，在山影和树影交掩着的崎岖道上，我上岸走不上几步，就被一块乱石绊倒，滑跌了一次。船家似乎也动了恻隐之心了，一句话也不发，跑将上来，他却突然交给了我一盒火柴。我于感谢了一番他的盛意之后，重整步武，再摸上山去，先是必须点一支火柴走三五步路的，但到得半山，路既就了规律，而微云堆里的半规月色，也朦胧地现出一痕银线来了，所以手里还存着的半盒火柴，就被我藏入了袋里。路是从山的西北，盘曲而上，渐走渐高，半山一到，天也开朗了一点，桐庐县市上的灯火，也星星可数了。更纵目向江心望去，富春江两岸的船上和桐溪合流口停泊着的船尾船头，也看得出一点一点的火来。走过半山，桐君观里的晚祷钟鼓，似乎还没

有息尽，耳朵里仿佛听见了几丝木鱼钲钹的残声。走上山顶，先在半途遇着了一道道观外围的女墙，这女墙的栅门，却已经掩上了。在栅门外徘徊了一刻，觉得已经到了此门而不进去，终于是不能满足我这一次暗夜冒险的好奇怪僻的。所以细想了几次，还是决心进去，非进去不可，轻轻用手往里面一推，栅门却呀的一声，早已退向了后方开开了，这门原来是虚掩在那里的。进了栅门，踏着为淡月所映照的石砌平路，向东向南地前走了五六十步，居然走到了道观的大门之外，这两扇朱红漆的大门，不消说是紧闭在那里的。到了此地，我却不想再破门进去了。因为这大门是朝南向着大江开的，门外头是一条一丈来宽的石砌步道，步道的一旁是道观的墙，一旁便是山坡，靠山坡的一面，并且还有一道二尺来高的石墙筑在那里，大约是代替栏杆，防人倾跌下山去的用意，石墙之上，铺的是二三尺宽的青石，在这似石栏又似石凳的墙上，尽可以坐卧游息，饱看桐江和对岸的风景，就是在这里坐它一晚，也很可以，我又何必去打开门来，惊起那些老道的噩梦呢！

空旷的天空里，流涨着的只是些灰白的云，云层缺处，原也看得出半角的天和一点两点的星，但看起来最饶风趣的，却仍是欲藏还露，将见仍无的那半规月影。这时候江面上似乎起了风，云脚的迁移，更来得迅速了，而低头向江心一看，几多散乱着的船里的灯光，也忽明忽灭地变换了一变换位置。

这道观大门外的景色，真神奇极了。我当十几年前，在放浪的游程里,曾向瓜州京口一带,消磨过不少的时日。那时觉得果然名不虚传的,确是甘露寺外的江山,而现在到了桐庐,昏夜上这桐君山来一看,又觉得这江山之秀而且静,风景的整而不散,却非那天下第一江山的北固山所可与比拟的了。真也难怪得严子陵,难怪得戴征士,倘使我若能在这样的地方结屋读书,颐养天年,那还要什么的高官厚禄,还要什么的浮名虚誉哩?一个人在这桐君观前的石凳上,看看山,看看水,看看城中的灯火和天上的星云,更做做浩无边际的无聊的幻梦,我竟忘记了时刻,忘记了自身,直等到隔江的击柝声传来,向西一看,忽而觉得城中的灯影微茫地减了,才跑也似的走下了山来,渡江奔回了客舍。

第二日侵晨,觉得昨天在桐君观前做过的残梦正还没有续完的时候,窗外面忽而传来了一阵吹角的声音。好梦虽被打破,但因这同吹筚篥似的商音哀咽,却很含着些荒凉的古意,并且晓风残月,杨柳岸边,也正好候船待发,上严陵去;所以心里虽怀着了些儿怨恨,脸上却只现出了一痕微笑,起来梳洗更衣,叫茶房去雇船去。雇好了一只双桨的渔舟,买就了些酒菜鱼米,就在旅馆前面的码头上上了船,轻轻向江心摇出去的时候,东方的云幕中间,已现出了几丝红晕,有八点多钟了。舟师急得厉害,只在埋怨旅馆的茶房,为什么昨晚上不预先告诉,好早一点出发。因为此去就是七里滩头,无风七里,有风七十里,上钓台去玩一趟回来,路程虽则有限,但这几日风雨无常,说不定要走夜路，才回来得了的。

　　过了桐庐，江心狭窄，浅滩果然多起来了。路上遇着的来往的行舟，数目也是很少，因为早晨吹的角，就是往建德去的快班船的信号，快班船一开，来往于两岸之间的船就不十分多了。两岸全是青青的山，中间是一条清浅的水，有时候过一个沙洲，洲上的桃花菜花，还有许多不晓得名字的白色的花，正在喧闹着春暮，吸引着蜂蝶。我在船头上一口一口地喝着严东关的药酒，指东话西地问着船家，这是什么山，那是什么港，惊叹了半天，称颂了半天，人也觉得倦了，不晓得什么时候，身子却走上了一家水边的酒楼，在和数年不见的几位已经做了党官的朋友高谈阔论。谈论之余，还背诵了一首两三年前曾在同一的情形之下作成的歪诗：

> 不是尊前爱惜身，佯狂难免假成真，
> 曾因酒醉鞭名马，生怕情多累美人。
> 劫数东南天作孽，鸡鸣风雨海扬尘，
> 悲歌痛哭终何补，义士纷纷说帝秦。

　　直到盛筵将散，我酒也不想再喝了，和几位朋友闹得心里各自难堪，连对旁边坐着的两位陪酒的名花都不愿意开口。正在这上下不得的苦闷关头，船家却大声地叫了起来说：

　　“先生，罗芷过了，钓台就在前面，你醒醒吧，好上山去烧饭吃去。"

擦擦眼睛，整了一整衣服，抬起头来一看，四面的水光山色又忽而变了样子了。清清的一条浅水，比前又窄了几分，四周的山包得格外的紧了，仿佛是前无去路的样子。并且山容峻峭，看去觉得格外的瘦格外的高。向天上地下四围看看，只寂寂的看不见一个人类。双桨的摇响，到此似乎也不敢放肆了，钩的一声过后，要好半天才来一个幽幽的回响，静，静，静，身边水上，山下岩头，只沉浸着太古的静，死灭的静，山峡里连飞鸟的影子也看不见半只。前面的所谓钓台山上，只看得见两个大石垒，一间歪斜的亭子，许多纵横芜杂的草木。山腰里的那座祠堂，也只露着些废垣残瓦，屋上面连炊烟都没有一丝半缕，像是好久好久没有人住了的样子。并且天气又来得阴森，早晨曾经露一露脸过的太阳，这时候早已深藏在云堆里了，余下来的只是时有时无从侧面吹来的阴飕飕的半箭儿山风。船靠了山脚，跟着前面背着酒菜鱼米的船夫走上严先生祠堂的时候，我心里真有点害怕，怕在这荒山里要遇见一个干枯苍老得同丝瓜筋似的严先生的鬼魂。

在祠堂西院的客厅里坐定，和严先生的不知第几代的裔孙谈了几句关于年岁水旱的话后，我的心跳也渐渐儿地镇静下去了，嘱托了他以煮饭烧菜的杂务，我和船家就从断碑乱石中间爬上了钓台。

东西两石垒，高各有二三百尺，离江面约两里来远，东西

台相去只有一二百步，其间却夹着
一条深谷。立在东台，可以看得出罗
芷的人家，回头展望来路，风景似乎散漫
一点，而一上谢氏的西台，向西望去，则
幽谷里的清景，却绝对不像是在人间了。
我虽则没有到过瑞士，但到了西台，
朝西一看，立时就想起了曾在照片
上看见过的威廉退尔的祠堂。这四山
的幽静，这江水的青蓝，简直同在画片上
的珂罗版色彩，一色也没有两样，所不同的就是在这儿的变化
更多一点，周围的环境更芜杂不整齐一点而已，但这却是好
处，这正是足以代表东方民族性的颓废荒凉的美。

　　从钓台下来，回到严先生的祠堂——记得这是洪杨以后严
州知府戴槃重建的祠堂——西院里饱啖了一顿酒肉，我觉得有
点酪酊微醉了。手拿着以火柴柄制成的牙签，走到东面供着严
先生神像的龛前，向四面的破壁上一看，翠墨淋漓，题在那里
的，竟多是些俗而不雅的过路高官的手笔。最后到了南面的一
块白墙头上，在离屋檐不远的一角高处，却看到了我们的一位
新近去世的同乡夏灵峰先生的四句似邵尧夫而又略带感慨的诗
句。夏灵峰先生虽则只知崇古，不善处今，但是五十年来，像
他那样的顽固自尊的亡清遗老，也的确是没有第二个人。比较
起现在的那些官迷的南满尚书和东洋宦婢来，他的经术言行，

姑且不必去论它，就是以骨头来称称，我想也要比什么罗三郎郑太郎辈，重到好几百倍。慕贤的心一动，熏人的臭技自然是难熬了，堆起了几张桌椅，借得了一支破笔，我也向高墙上在夏灵峰先生的脚后放上了一个陈屁，就是在船舱的梦里，也曾微吟过的那一首歪诗。

从墙头上跳将下来，又向龛前天井去走了一圈，觉得酒后的干喉，有点渴痒了，所以就又走回到了西院，静坐着喝了两碗清茶。在这四大无声，只听见我自己的啾啾喝水的舌音冲击到那座破院的败壁上去的寂静中间，同惊雷似的一响，院后的竹园里却忽而飞出了一声闲长而又有节奏似的鸡啼的声来。同时在门外面歇着的船家，也走进了院门，高声地对我说：

"先生，我们回去吧，已经是吃点心的时候了，你不听见那只鸡在后山啼吗？我们回去吧！"

一九三二年八月在上海写

读 与 思

"因为近在咫尺，以为什么时候要去就可以去，我们对于本乡本土的名区胜景，反而往往没有机会去玩，或不容易下一个决心去玩的。"你是否也有类似的心态，导致错过了家门口的美景？抽空去一次吧，然后将美景与当时的心境记录下来。

记风雨茅庐

提导
读示

❖❖❖

　　1933年4月，郁达夫举家移居杭州，于1936年春建起了风雨茅庐。起初，作者只是想造几间不大不小的平房，在友人和亲戚的帮助下，最终变为了典型中式别墅。这里林木参差，环境雅致，其名"风雨茅庐"也十分风雅，按作者所说，是取"避风雨的茅庐"之意。作者在此本是要"久居终老"的，但仅仅安顿两个月不到，就南下投身于抗日救亡运动。茅庐内有郁达夫自撰对联一副："烽火满天殍满地，书生何处可逃秦？"1938年，郁达夫下南洋，主编《星洲日报》，为抗日救国大业奔走呼号，于胜利曙光初现之时，被日本宪兵杀害。此后，风雨茅庐也同主人一样，饱经沧桑，"风雨"二字一语成谶。

　　自家想有一所房子的心愿，已经起了好几年了；明明知道创造欲是好，所有欲是坏的事情，但一轮到了自己的头上，总

觉得衣食住行四件大事之中的最低限度的享有，是不可以不保住的。我衣并不要锦绣，食也自甘于藜藿，可是住的房子，代步的车子，或者至少也必须一双袜子与鞋子的限度，总得有了才能说话。况且从前曾有一位朋友劝过我说，一个人既生下了地，一块地却不可以没有，活着可以住住立立，或者睡睡坐坐，死了便可以挖一个洞，将己身来埋葬；当然这还是没有火葬，没有公墓以前的时代的话。

自搬到杭州来住后，于不意之中，承友人之情，居然弄到了一块地，从此葬的问题总算解决了；但是住呢，占据的还是别人家的房子。去年春季，写了一篇短短的应景而不希望有什么结果的文章，说自己只想有一所小小的住宅；可是发表了不久，就来了一个回响。一位做建筑事业的朋友先来说："你若要造房子，我们可以完全效劳。"一位有一点钱的朋友也说："若通融得少一点，或者还可以想法。"四面一凑，于是起造一个风雨茅庐的计划即便成熟到了百分之八十，不知我者谓我有了钱，深知我者谓我冒了险，但是有钱也罢，冒险也罢，入秋以后，总之把这笑话勉强弄成了事实，在现在的寓所之旁，也竟叮叮笃笃地动起了工，造起了房子。这也许是我的Folly，这也许是朋友们对于我的过信，不过从今以后，那些破旧的书籍，以及行军床、旧马子之类，却总可以不再去周游列国，学夫子的栖栖一代了。在这些地方，所有欲原也有它的好处。

本来是空手做的大事，希望当然不能过高；起初我只打算以茅草来代瓦，以涂泥来作壁，起它五间不大不小的平房，聊以过过自己有一所住宅的瘾的；但偶尔在亲戚家一谈，却谈出来了事情。他说："你要造房屋，也得拣一个日，看一看方向；古代的《周易》，现代的天文地理，却实在是有至理存在那里的呢！"言下他还接连举出了好几个很有证验的实例出来给我听，而在座的其他三四位朋友，并且还同时做了填具脚踏手印的见证人。更奇怪的，是他们所说的这一位具有通天入地眼的奇迹创造者，也是同我们一样，读过哀皮西提，演过代数几何，受过现代高等教育的学校毕业生。经这位亲戚的一介绍，经我的一相信，当初的计划，就变了卦，茅庐变作了瓦屋，五开间的一排营房似的平居，拆作了三开间两开间的两座小蜗庐。中间又起了一座墙，墙上更挖了一个洞；住屋的两旁，也添了许多间的无名的小房间。这么的一来，房屋原多了不少，可同时债台也已经筑得比我的风火围墙还高了几尺。这一座高台基石的奠基者郭相经先生，并且还在劝我说："东南角的龙手太空，要好，还得造一间南向的门楼，楼上面再做上一层水泥的平台才行。"他的这一句话，又恰巧打中了我的下意识里的一个痛处；在这只空角上，我实在也在打算盖起一座塔样的楼来，楼名是十五六年前就想好的，叫作"夕阳楼"。现在这一座塔楼，虽则还没有盖起，可是只打算避避风雨的茅庐一所，却也涂上了朱漆，嵌上了水泥，有点像是外国乡镇里的五六等贫民住宅的样子了；自己虽则不懂阳宅的地理，但在光线不甚明亮的清早或薄暮看起来，倒也觉得郭先生的设计，并没有弄什么玄虚，合科学的方法，仍旧还是对的。所以一定要在光线不甚明亮的时候看的原因，就因为我的胆子毕竟还小，不敢空口说大话要包工用了最好的材料来造我这一座贫民住宅的缘故。这倒还不在话下，有点儿觉得麻烦的，却是预先想好的那个风雨茅庐的风雅名字与实际的不符。皱眉想了几天，又觉得中国的山人并不入山，儿子的小犬也不是狗的玩意儿，原早已有人在干了，我这样小小地再说一个并不害人的谎，总也不至于有死罪。况且西湖上的那间巍巍乎有点像先施、永安的堆栈似的高大洋楼之以××草舍做名称，也不曾听见说有人去干涉过。多一事不如少一事，九九归原，还是照最初的样子，把我的这间贫民住宅，仍旧叫作了避风雨的茅庐。横额一块，却是因马君武先生这次来杭之便，硬要他伸了疯痛的右手，替我写上的。

一九三六年一月十日

读 与 思

风雨茅庐不仅仅是郁达夫想要与家人安定下来的一处居所，更是他想要"避风雨"的地方。文人的居所，很多时候反映了他的一生。可见，风雨茅庐背后其实有很多耐人寻味的故事。请查阅资料，了解"避风雨"的背景及风雨茅庐最终的结局。

覆车小记

导读提示

1938年，郁达夫于国难当头之际，出任武汉"中华全国文艺界抗敌协会"常务理事等职。不久，他接受新加坡《星洲日报》[1]的邀请前往南洋。本文记录了作者从马来西亚槟城州至吉隆坡的旅途经历，刻画了夜渡北海时见到的别离混合剧，描述了火车出轨的惊险经历。路途中形形色色的人与事跃然纸上，让我们仿佛也共赴了这趟南洋之行。

槟城三宿之后，五日夜渡北海，刚巧是旧历的十五晚上，月光照耀海空，凉风绝似水晶帘底吹来，挥手与送别诸君分袂的时候，心里只觉得快活，何曾有一点恻恻吞声之感？当然依

---

[1] 本文发表于《星槟日报》，该报于1939年元旦创刊，原为《星洲日报》槟城版，后作为《星洲日报》的姐妹报。

旧是"到处论交齐管鲍，天涯何地不家乡"的故态。

但是别离终竟是别离，或悲或喜的混合剧，当船离码头的一刹那，帘幕便揭开了：一位十五六岁的窈窕淑女，同一位很清秀的青年君子，欢天喜地上了船；船栏外来送的，多是些穿纱衫、围锦绣萨郎——马来装也，但不知是否这两字，亦不知是否如此的发音——套裙的女娇娘。开船的号令响了，机房里起了转动的声音，船上船下，一阵莺声燕语的叽叽喳喳，我原不晓得是在说些什么，推想起来，大约总是"前途珍重，后会有期"等套语吧？或是"万里之行，从此始矣"也说不定，在我这老天涯客看来，自然只是极平常的一次离别，但反应到了这淑女的心头，波澜似乎是千重万重地起了，先是莺声发了颤，继是方诸泻了盆，再则终于忍耐不住，跑开了栏杆，到无人的一角，取出手帕来尽情啼哭去了。

这一幕，当然是离奇的悲喜剧。

还有回转舞台的第二幕，是表现在上下船的跳板旁边的：一群头上包着红白黑色的布，嘴周围长着黑黑丛丛的毛，脸上也有几位绣着皇天为加上圈儿的花的朋友，向一位身躯硕大的

老长者，举起了手，齐声唱出了一曲也是听不明白的离别之歌；这或许是喀里达萨的《萨功塔拉》里的一小节，这也许是泰戈尔的《迷鸟》里的一整首，总之是印度的一般人所熟诵的歌曲无疑。这一幕又似是纯粹的喜剧了。

旁观者的我们，自然要做一点剧评。同行的关先生先指那一位淑女说："她既和丈夫在一道，当然是快活的旅行，为什么要这样啼啼哭哭呢？"

"大约是新婚后，来回门（回娘家）的吧！"我的解释。

"那一位印度老长者，颈项里套在那里的花圈是什么意思？"我问关先生。

"他大约是在警界服务的，一定是升了官去赴任的无疑。来送的那些，当然是他的亲戚故旧，或旧日的同僚。"是关先生的回答。

有话则长，无话则短，我们平稳地渡过了海峡，按号数走进了联邦铁路的卧车房；火车也准时间开，我们也很有规则地倒下了床。只是窗门紧闭，车里有点儿觉得闷热，酣睡不成，只能拿出李词佣君赠我的《椰阴散忆》来消夜。读到了榴莲的最后一张，正想重起来拿王绍清的《亚细亚的怒潮》的时候，倦意频催，张口连打了几个呵欠，是睡乡带信来了，迷迷糊糊地不知怎么一来，终便失去了知觉。

这一睡醒来，可真不是诸葛武侯的隆中大梦之相仿！火车跳了三五下，玻璃窗变成了乐器；车厢里的马来小孩子、印度贵妇人，齐声哭了起来。我的身上，忽而滚来了许多行李和衣裳。一二分钟后，喀单当的一声大震。事情却定了局，车子已经横卧在轨道外的桥头草地里了。我们原是买了卧车票来的，而车子似乎也去买了一张，我们睡在它的怀里，它也循环相报地睡入了草地。以后便是旅客们的混乱。关先生赤了脚，捞了一件雨衣，七横八竖，先出去打开了车门。我则一点儿经验毫无，只在卧铺底下收拾衣箱，更换衣服；穿上衣服之后，还在打领带的结。关先生是有过经验的，仓皇在门口叫着说："这时候还戴什么领带！快出来！快出来！"我却先把行李递了给他。行李取齐，一脚高来一脚低地爬出了车厢后，关先生才告诉我说："你真不晓事，万一电线走电，车厢里出了烟，我们就无生望了；火车出轨，最怕的是这一着！"

爬出车厢来一看，外面的情形，果然是一个大修罗场！五辆车子，东倒一辆、西睡一辆地横冲在轨道两旁的草地里；铁轨断了，飞了，腐朽的枕木，被截作了火柴干那么的细枝；碎石上，草地上，尽是些四散的行李与衣裳和一群一群的人，还有几声叫痛的声音。天也有点白茫茫地曙了，拿出表来用香烟火一照，正是午前四点四十分钟的样子；以时间来计路程，则去丹绒马林只有一二十分钟，去吉隆坡只有两个钟头不足了；千里之驹，不能一蹶，这史替文生与华脱的创作品，到今天也曳了白。我们除了在荒地的碎石子上坐以待旦，另外也一点儿法子都没有。

097

　　痛定之后，坐在碎石上候救护车来的中间，我们所怨的，却是那些槟城的鲍叔们。无端送了我们许多食品用品，增加了许多件很重的行李，这时候抛弃了又不是，携带着更不能，进退维谷，只落得一个"白眼看行李，高情怨友生"的局面。因为火车出轨之处，正是一个上不在天，下不在田的中间地带，四旁没有村落，没有人夫，连打一个长途电话的便利都得不到。并且我们又不会讲马来话，不识东西南北的方向，万一有老虎出来，或雷雨直下的时候，我们便只有一条出路了，就是"长揖见阎君"而已。

　　在这情形下，直坐了四个多钟头，眼看得东方的全白，红日的出来，同车者的一群一群搬往火车龙头前面未损坏的轨道旁边。最后，我们也急起来了。用尽了阴（英）文阳（洋）文的力量，向几个马来路工交涉了许多次，想请他们发发慈悲，为我们搬一搬行李，但不知他们是真的不晓得呢，还是假的不知，连朝也不来朝一下，只如顽石铁头的样子，走过来，又走过去了。还是智多星的关老，猜透了这些人的心理，于一位年老的马来工人走近我们身边的时候，先显示了他以一个两毫银币，然后指指行李，他伸出手来，接过银币，果然把行李肩上肩头，向前搬了过去。于是转悲为喜的我们，也便高声地议论了起来："银币真能说话，马来话不晓得，倒也无妨！"说着、笑着、行着，走到了未损坏的路轨的边上，恰巧自丹绒马林来接的救护车也就到了。

　　上车后，越山入野，走了几站，于到万挠之先，我们又在车窗里发现了一辆房新民君自吉隆坡赶来救我们而寻我们不着的后追车。又到下一站的时候，我们便下了火车，与房君一道地坐汽车而回了吉隆坡。十二点十分，到吉隆坡后，我们又是天下太平的旅行人了，有郑振文博士旅店的款待，有陈济谋先生压惊洗尘的华筵。上车之前，并且还坐了陈先生的汽车，在吉隆坡市内市外，公园、公共机关、马来庙、中华会馆等处飞视了一巡。第二天早晨六点多钟，我们便是新加坡市上的小市民了。谢天谢地，这一次的火车出轨，总算是很合着经济的原则，以最少的代价而得到了最大的经验，更还要谢谢在槟城在吉隆坡的每一个朋友。因为不是他们的相招，不想去看他们，则这一便宜事情，也是得不着的。

一九三九年一月十一日星槟日报

读 与 思

南洋（明清时期对东南亚一带的由于其特殊的称呼）地理与社会环境，往往成为国人"遭难者"的隐匿之地。康有为、梁启超避难南洋是较早的例子。这些中国文人也为东南亚与中国的文化交流做出了不可磨灭的贡献。

你还知道哪些历史文化名人去过东南亚呢？快去了解他们在东南亚的非凡经历吧。

屯溪夜泊记

本文作于1934年5月。参加完徽杭公路通车仪式，郁达夫和林语堂、潘光旦等文人雅士从杭州到徽州来游览。因故来到了皖南商业重镇——屯溪，它在徽商发展史上具有重要的地位。作者也对该徽商大埠街景行情、市井商俗着墨甚多。文人雅士同游，更有别样情致。夜宿船上就是林语堂的妙计，众人一起淘古董、访乐户也是兴味无穷。适逢初春，正是徽州冷雨季，二十世纪三十年代的小市镇屯溪在郁达夫笔下有一种老徽州特有的湿冷，作者一行人与各色人群的互动则为本文增添了一丝温热。

　　屯溪是安徽休宁县属的一个市镇，虽然居民不多，——人口大约最多也不过一两万——工厂也没有，物产也并不丰富，但因为地处在婺源、祁门、黟县、休宁等县的众水汇聚之乡，下流成新安江，从前陆路交通不便的时候，徽州府西北几县的物产，全要从这屯溪出去，所以这个小镇居然也成了一个皖南的大码头，所以它也就有了"小上海"的别名。"生意兴隆通四海，财源茂盛达三江"，这一副最普通的联语，若拿来赠给屯溪，倒也很可以指示出它的所以得繁盛的原委。

我们的漂泊到屯溪去，是因为东南五省交通周览会的邀请，打算去白岳、黄山看一看风景；而又蒙从前的徽州府现在的歙县县长的不弃，替我们介绍了一家徽州府里有名的实在是龌龊得不堪的宿夜店，觉得在徽州是怎么也不能够过夜了，所以才夜半开车，闯入了这小上海的屯溪市里。

虽则小上海，可究竟和大上海有点不同，第一，这小上海所有的旅馆，就只有大上海的五万分之一。我们在半夜的混沌里，冲到了此地，投各家旅馆，自然是都已经客满了，没有办法，就只好去投奔公安局——这公安局却是直系于省会的一个独立机关，是屯溪市上，最大并且也是唯一的行政司法以及维持治安的公署，所以尽抵得过清朝的一个州县——请他们来救济，我们提出的办法，是要他们去为我们租借一只大船来权当宿舍。

这交涉办到了午前的一点，才兹办妥，行李等物，搬上船后，舱铺清洁，空气通畅，大家高兴了起来，就交口称赞语堂林氏的有发明的天才，因为大家搬上船上去宿的这一件事情，是语堂的提议，大约他总也是受了天随子陆龟蒙或八旗名士宗

室宝竹坡的影响无疑。

浮家泛宅，大家联床接脚，在篾篷底下，洋油灯前，谈着笑着，悠悠入睡的那一种风情，倒的确是时代倒错的中世纪的诗人的行径。那一晚，因为上船得迟了，所以说废话说不上几刻钟，一船里就呼呼地充满了睡声。

第二天，天下了雨；在船上听雨，在水边看雨的风味，又是一种别样的情趣。因为天雨，旅行当然是不行，并且林、潘、全、叶的四位，目的只在看看徽州，与自杭州至徽州的一段公路的，白岳黄山，自然是不想去的了，只教天一放晴，他们就打算回去，于是乎我们便有了一天悠闲自在的屯溪船上的休息。

屯溪的街市，是沿水的两条里外的直街，至西面而尽于屯浦，屯浦之上是一条大桥，过桥又是一条街，系上西乡去的大路。是在这屯浦桥附近的几条街上，由他们屯溪人看来，觉得是完全毛色不同的这一群丧家之犬，尽在那里走来走去地走。其实呢，我们的泊船之处，就在离桥不远的东南一箭之地，而寄住在船上，却有两件大事，非要上岸去办不可，就是，一，吃饭，二，大便。

况且，人又是好奇的动物，除了睡眠、吃饭、排泄以外，少不得也要使用使用那两条腿，于必要的事情之上，去做些不必要的事情；于是乎在江边的那家饭馆延旭楼即紫云馆和那座公坑所，当然是可以不必说，就是一处贩卖破铜烂铁的旧货铺，以及就开在饭馆边上的一家假古董店，也突然地增加了许多顾客。我在旧货铺里，买了一部歙县吴殿麟的《紫石泉山房集》，语堂在那家假古董店里，买了些桃核船、翡翠、琥珀，以及许多碎了的白瓷。这些碎瓷，若不是康熙，总也是乾隆，说不定，恐怕还是前朝内府坤宁宫里的珍藏。仔细研究到后来，你一言，我一语，想入非非，笑成一片，致使这一个"水上小共和国"里的百姓们，大家都堕落成了群居终日、专为不善的小人团。

早午饭吃后，光旦、秋原等又坐了车上徽州去了，语堂、增嘏，歪身倒在床上看书打瞌睡，只有被鬼附着似的神经质的我，在船里觉得是坐立都不能安，于是乎只好着了雨鞋，张着雨伞，再上岸去，去游屯溪的街市。

雨里的屯溪，市面也着实萧条。从东面有一块枪毙红丸犯处的木牌立着的地方起，一直到西尽头的屯浦桥附近为止，来回走了两遍，路上遇着的行人，数目并不很多，比到大上海的中心街市，先施、永安下那块地方的人海人山，这小上海简直是乡村角落里了。无聊之极，我就爬上了市后面的那一排小山之上，打算对屯溪全市，做一个包罗万象的高空鸟瞰。

市后的小山，断断续续，一连倒也有四五个山峰。自东而西，俯瞰了屯溪市上的几千家人家，以及人家外围，贯流在那里的三四条溪水之后，我的两足，忽而走到了一处西面离桥不远的化山的平顶。顶上的石柱石磉石梁，依然还在，然而一堆瓦砾，寸草不生，几只飞鸟，只在乱石堆头慢声长叹。我一个人看看前面天主堂界内的杂树人家和隔岸的那条同金字塔样的狮子（俗称扁担）石山，觉得阴森森毛发都有点直竖起来了，不得已就只好一口气地跳下了这座在屯溪市是地点风景最好也没有的化山。后来上桥头的酒店里去坐下，向酒保仔细一探听，才晓得民国十八年（一九二九年）的春天，宋老五带领了人马，曾将这屯溪市的店铺民房，施行了一次火洗，那座化山顶上的化山大寺，也就是于这个时候被焚化了的。那时候未被烧去而仅存者，只延旭楼的一间三层的高阁和天主堂内的几间平房而已。

在酒店里，和他们谈谈说说，我只吃了一碟炒四件，一斤杂有泥沙的绍兴酒，算起账来，竟被敲去了两块大洋，问："何以会这么的贵？"回答说："本地人都喝的歙酒，绍兴酒本来是很贵的。"这小上海的商家，别的上海样子倒还没有学好，只有这一个欺生敲诈的门径，却学得来青胜于蓝了，也无怪有人告诉我说，屯溪市上，无论哪一家大商店，都有讨价还价，就连一盒火柴，一封香烟，也有生人熟面的市价的不同。

傍晚四五点的时候，去徽州的大队人马回来了，一同上延旭楼去吃过晚饭，我和秋原、增嘏、成章四人，在江岸的东头走走，恰巧遇见了一位自上海来此的像白相人那么的汽车小商人。他于陪我们上游艺场去逛了一遍之余，又领我们到了一家他的旧识的乐户人家。姑娘的名号现在记不起来了，仿佛是

"翠华"的两字，穿着一件黑绒的夹袄，镶着一个金牙齿，相貌倒也不算顶坏，听了几出徽州戏，喝了一杯祁门茶后，出到了街上，不意斗头又遇见了三位装饰时髦到了极顶，身材也窈窕可观的摩登美妇人。那一位引导者，和她们也似乎是素熟的客人，大家招呼了一下走散之后，他就告诉了我们以她们的身世。她们的前身，本来是上海来游艺场献技的坤角，后来各有了主顾，唱戏就不唱了。不到一年，各主顾忽又有了新恋，她们便这样地一变，变作了街头的神女。这一段短短的历史，简单虽也简单得很，但可惜我们中间的那位江州司马没有同来，否则倒又有一篇《琵琶行》好作了。在微雨黄昏的街上走着，他还告诉了我们这里有几家头等公娼，几家二等花茶馆，几家三等无名窟和诨名"屯溪之王"的一家半开门。

回到了残灯无焰的船舱之内，向几位没有同去的诗人们报告了一番消息，余事只好躺下去睡觉了，但青衫憔悴的才子，既遇着了红粉飘零的美女，虽然没有后花园赠金，妓堂前碰壁的两幕情景，一首诗却是少不得的；斜倚着枕头，合着船篷上的雨韵，哼哼唧唧，我就在朦胧的梦里念成了一首"新安江水碧悠悠，两岸人家散若舟，几夜屯溪桥下梦，断肠春色似扬州"的七言绝句。这么一来，既有了佳人，又有了才子，煞尾并且还有着这一个有诗为证的大团圆，一出屯溪夜泊的传奇新剧本，岂不就完全成立了吗？

一九三四年五月

读 与 思

　　作者一行人原定在徽州住宿，因旅店条件太差，夜至屯溪又无店可住，本来是令人沮丧的旅途遭遇，但他们另辟蹊径，夜宿舟上。困难与机遇可能就是一枚硬币的正反面。

　　想一想你有没有遇到什么困境或者遭遇，别出心裁地将之化险为夷？

马六甲记游

❖❖❖

　　郁达夫从1938年底奔赴南洋，到1945年捐躯他乡，共写了140余篇文论，其中游记仅2篇，即《马六甲记游》与《槟城三宿记》。这两篇相较于我们之前阅读的国内游记，字里行间更见浓郁的家国情怀。作者沿马六甲市政厅、圣保罗教堂、圣约翰山的故垒、坟山的三宝殿、青云亭的路线游览，考察马六甲的历史，追溯各地名称的由来，与异乡故人精神接壤，一路怀古思今，凸显了郁达夫本人"文艺作品之中，应该有强烈的地方色彩，有明显的时代投影"❶的文学观念。

---

❶ 见郁达夫《几个问题》。

　　为想把满身的战时尘滓暂时洗刷一下，同时，又可以把个人的神经，无论如何也负担不起的公的私的积累清算一下之故，毫无踌躇，飘飘然驶入了南海的热带圈内，如醉如痴，如在一个连续的梦游病里，浑浑然过去的日子，好像是很久很久了，又好像是只有一日一夜的样子。实在是，在长年如盛夏，四季不分明的南洋过活，记忆力只会一天一天地衰弱下去，尤其是关于时日年岁的记忆，尤其是当踏上了一定的程序工作之后的精神劳动者的记忆。

　　某年月日，为替一爱国团体上演《原野》而揭幕之故，坐了一夜的火车，从新加坡到了吉隆坡。在卧车里鼾睡了一夜，醒转来的时候，填塞在左右的，依旧是不断的树胶园，满目的青草地，与在强烈的日光里反射着殷红色的墙瓦的小洋房。

　　揭幕礼行后，看戏看到了午夜，在李旺记酒家吃了一次朱植生先生特为筹设的宵夜筵席之后，南方的白夜，也冷悄悄地酿成了一味秋意；原因是一阵豪雨，把路上的闲人，尽催归了梦里，把街灯的玻璃罩，也洗涤成了水样的澄清。倦游人的深夜的悲哀，忽而从驶回逆旅的汽车窗里，露了露面，仿佛是在很远很远的异国，偶尔见到了一个不甚熟悉的同坐过一次飞机或火车的偕行伙伴。这一种感觉，已经有好久好久不曾尝到了，这是一种在深夜当游倦后的哀思啊！

　　第二天一早起来，因有友人去马六甲之便，就一道坐上汽车，向南偏西，上山下岭，尽在树胶园椰子林的中间打圈圈，

一直到过了丹平的关卡以后，样子却有点不同了。同模型似的精巧玲珑的马来人亚答屋的住宅，配合上各种不同的椰子树的阴影，有独木的小桥，有颈项上长着双峰的牛车，还有负载着重荷，在小山坳密林下来去的原始马来人的远景，这些点缀，分明在告诉我，是在南洋的山野里旅行。但偶一转向，车驶入了平原，则又天空开展，水田里的稻秆青葱，田塍树影下，还有一二皮肤黝黑的农夫在默默地休息，这又像是在故国江南的旷野，正当五六月耕耘方起劲的时候。

到了马六甲，去海滨"彭大希利"的莱斯脱·好坞斯（rest house）去休息了一下，以后，就是参观古迹的行程了。导我们的先路的，是由何葆仁先生替我们去邀来的陈应桢、李君侠、胡健人等几位先生。

我们的路线，是从马六甲河西岸海滨的华侨银行出发，打从圣弗兰雪斯教堂的门前经过，先向市政厅所在的圣保罗山，亦叫作升旗山的古圣保罗教堂的废墟去致敬的。

这一块周围仅有七百二十英里方的马六甲市，在历史上，传说上，却是马来半岛，或者也许是南洋群岛中最古的地方，是在好久以前，就听人家说过的。第一，马六甲的这一个马来名字的由来，据说就是在十四世纪中叶，当新加坡的马来人，被爪哇西来的外人所侵略，酋长斯干达夏率领群众避至此地，息树荫下，偶问旁人以此树何名，人以"马六甲"对，于是这地方的名字，就从此定下了。而这一株有五六百年高寿的马六甲树，到现在也还婆娑独立在圣保罗的山下那一个旧式栈桥接岸的海滨。枝叶纷披，这树所覆的荫处，倒确有一连以上的士兵可以扎营。

此外，则关于马六甲这名字的由来，还有酋长见犬鹿相斗，犬反被鹿伤的传说；另一说，则谓马六甲系爪哇语"亡命"之意，或谓系爪哇人称巨港之音，巫来由即马六甲之变音。

这些倒还并不相干，因为我们的目的，只想去瞻仰瞻仰那些古时遗下来的建筑物和现时所看得到的风景之类；所以一过马六甲河，看见了那座古色苍然的荷兰式的市政厅的大门，就有点觉得在和数世纪前的彭祖老人说话了。

这一座门，尽以很坚强的砖瓦垒成，像低低的一个城门洞的样子；洞上一层，是施有雕刻的长方石壁，再上面，却是一个小小的钟楼似的塔顶。

在这里，又不得不简叙一叙马六甲的史实了。第一，这里当然是从新加坡西来的马来人所开辟的世界，这是在十四世纪中叶的事情。在这先头，从宋代的中国册籍（《诸藩志》）里，虽可以见到巨港王国的繁荣，但马六甲这一名，却未被发现。到了明朝，郑和下南洋的前后，马六甲就在中国书籍上渐渐知名了，这是十四世纪末叶的事情。在十六世纪初年，葡萄牙人第奥义·洛泊斯特·色开拉（Diogo Lopes de Sequeira）率领五艘海船到此通商，当为马六甲和西欧交通的开始时期。一千五百十一年，马六甲被亚儿封所·达儿勃开儿克

（Alfonso d'ALbuquerque）所征服以后，南洋群岛就成了葡萄牙人独占的市场。其后荷兰继起，一千六百四十一年，马六甲便归入了荷人的掌握；现在所遗留的马六甲的史迹，以荷兰人的建筑物及墓碑为最多的原因，实在因为荷兰人在这里曾有过一百多年繁荣的历史的缘故。一七九五年，当拿破仑战争未息之前，马六甲管辖权移归了英国东印度公司。一八一五年，因维也纳条约的结果，旧地复归还了荷属，等一八二四年的伦敦会议以后，英国终以苏门答腊和荷兰换回了这马六甲的治权。

关于马六甲的这一段短短的历史，简叙起来，也不过数百字的光景，可是这中间的杀伐流血，以及无名英雄的为国捐躯、为公殉义的伟烈丰功，又有谁能够仔细说得尽哩！

所以，圣保罗山下的市政厅大门，现在还有人在叫作“斯泰脱呼斯”的大门的“斯泰脱呼斯”者，就是荷兰文Stadt-Huys的遗音，也就是英文town-house或city-house的意思。

我们从市政厅的前门绕过，穿过图书馆的二楼，上阅兵台，到了旧圣保罗教堂的废墟门外的时候，前面那望楼上的旗帜已经在收下来了，正是太阳平西，将近午后四点钟的样子。伟大的圣保罗教堂，就单单只看了它的颓垣残垒，也可以想见得到当日的壮丽堂皇。迄今四五百年，雨打风吹，有几处早已没有了屋顶，但是周围的墙壁，以及正殿中上一层的石屋顶，仍旧是屹然不动，有泰山磐石般的外貌。我想起了三宝公到此地时的这周围的景象，我又想起了大陆国民不善经营海外殖民事业的缺憾；到现在被强邻压境，弄得半壁江山，尽染上腥污，大半原因，也就在这一点国民太无冒险心，国家太无深谋远虑的弱点之上。

市政厅的建筑全部，以及这圣保罗山的废墟，听说都由马六甲的史迹保存会的建议，请政府用意保护着的；所以直到了数百年后的今日，我们还见得到当时的荷兰式的房屋，以及圣保罗教堂里的一个上面盖有小方格铁板的石穴。这石穴的由来，就因十六世纪中叶的圣芳济（St. Famcis Xavier）去中国传教，中途病故，遗体于运往卧亚（Goa）之前，曾在此穴内埋葬过五个月（一五五三年三月至同年八月）的因缘。废墟的前后，尽是坟茔，而且在这废墟的堂上，圣芳济遗体虚穴的周围，也陈列着许多四五百年以前的墓碑。墓碑之中，以荷兰文的碑铭为最多，其间也还有一两块葡萄牙文的墓碑在哩！

参观了这圣保罗山以后，我们的车就遵行着"彭大希利"的大道，驰向了东面圣约翰山的故垒。这山头的故垒，还是葡萄牙人的建筑，炮口向内，用意分明是防止本地土人的袭击的。炮垒中的堑壕坚强如故；听说还有一条地道，可以从这山顶通行到海边福脱路的旧垒门边。这时候夕阳的残照，把海水染得浓蓝，把这一座故垒，晒得赫黑，我独立在雉堞的缺处，向东面远眺了一回马来亚南部最高的一支远山，就也默默地想起了萨雁门的那一首"六代豪华，春去也，更无消息"的《金陵怀古》之词。

从圣约翰山下来，向南洋最有名的那一个飞机型的新式病院前的武极巴拉（Bukit Palah）山下经过，赶上青云亭的坟山，去向三宝殿致敬的时候，平地上已经见不到阳光了。

三宝殿在青云亭坟山三宝山的西北麓，门朝东北，门前有几棵红豆大树做旗帜。殿后有三宝井，听说井水甘洌，可以治疾病，市民不远千里，都来灌取。坟山中的古墓，有皇明碑纪的，据说现尚存有两穴。但我所见到的却是坟山北麓，离三宝殿约有数百步远的一穴黄氏的古茔。碑文记有"显考维弘黄公，妣寿妲谢氏墓，皇明壬戌仲冬谷旦，孝男黄子、黄辰同立"字样，自然是三百年以前，我们同胞的开荒远祖了。

晚上，在何葆仁先生的招待席散以后，我们又上中国在南洋最古的一间佛庙青云亭去参拜了一回。青云亭是明末遗民逃来南洋，以帮会势力而扶植侨民利益的最古的一所公共建筑物。这庙的后进，有一神殿，供着两位明代衣冠、发须楚楚的塑像，长生禄位牌上，记有开基甲国的甲必丹芳杨郑公及继理宏业的甲必丹君常李公的名字；在这庙的旁边一间碑亭里，听说还有两块石碑竖立在那里，是记这两公的英伟事迹的，但因为暗夜无灯，终于没有拜读的机会。

走马看花，马六甲的五百年的古迹，总算匆匆地在半天之内看完了。于走回旅舍之前，又从歪斜得如中国街巷一样的一条娘惹街头经过，在昏黄的电灯底下谈着走着，简直使人感觉到不像是在异邦漂泊的样子。马六甲实在是名副其实的一座古城，尤其是从我们中国人看来。

回旅舍冲过了凉，含着纸烟，躺在回廊的藤椅上举头在望海角天空处的时候，从星光里，忽而得着了一个奇想。譬如说吧，正当这一个时候，旅舍的侍者，可以拿一个名刺，带领一个人进来访我。我们中间可以展开一次上下古今的长谈。长谈里，可以有未经人道的史实，可以有悲壮的英雄抗敌的故事，还可以有缠绵哀艳的情史。于送这一位不识之客去后，看看手表，当在午前三四点钟的时候。我倘再回忆一下这一位怪客的谈吐、装饰，就可以发现他并不是现代的人。再寻他的名片，也许会寻不着了。第二天起来，若问侍者以昨晚你带来见我的那位客人（可以是我们的同胞，也可以是穿着传教士西装的外国人）究竟是谁？侍者们都可以一致否认，说并没有这一回事。这岂不是一篇绝好的小说吗？这小说的题目，并且也是现成的，就叫作《古城夜话》或《马六甲夜话》，岂不是就可以了吗？

我想着想着，抽尽了好几支烟卷，终于被海风所诱拂，沉入到忘我的梦里去了。第二天的下午，同样的在柏油大道上飞驰了半天，在麻坡与岑株巴辖过了两渡，当黄昏的阴影盖上柔佛长堤桥面的时候，我又重回到了新加坡的市内。《马六甲夜话》《古城夜话》，这一篇 imaginary conversations——幻想中的对话录，我想总有一天会把它记叙出来。

读 与 思

　　马来西亚与中国有着悠久的历史往来，唐、宋时中国和马来群岛已有频密的商业活动和文化交流，明代郑和下西洋时曾多次在马六甲停留。近代更是有大量华人移民，带动了中马文化交流，甚至形成了独特的"马华文学"，即马来西亚华人文学。历经几代马来西亚华人作家的努力，马来西亚已成为世界华人文学的重镇之一。找一些马华文学来读读，感受它的别样魅力。

槟城三宿记

本文为郁达夫初到南洋之作，记载了和友人同游他称之为"东方花县"的"槟榔屿"的经历。开篇对此行背景、人际来往多有交代，有学者因此评论此篇为"应酬的虚文"❶。但论写景论抒情，此篇不输其他。对槟城的自然风光与风土人情，作者不吝溢美之词，初抵小岛如梦中游，登升旗山时又如至天上。友人提及此景颇像庐山，郁达夫顿时触景伤情，感念被日寇铁蹄践踏的祖国，盛开的菊花也成为故土的象征。"三宿槟城恋有余"贯穿全篇，让作者，也让阅读此文的我们，对这个小岛魂牵梦萦。

---

❶ 见郁风《盖棺论定的晚期》。

　　快哉此游！槟榔屿实在是名不虚传的东方花县。（人家或称作"花园"我却以为"花县"两字来得适当。盖四季的花木茏葱，而且依山带水，气候温和，住在槟城，"绝似河阳县里居"也。）

　　回想起半年来，退出武汉，漫游湘西赣北，复转长沙，再至福州而住下。其后忽得胡氏兆祥招来南洋之电，匆促买舟，偷渡厦门海角，由香港而星洲，由星洲而槟屿，间关几万里，阅时五十日，风尘仆仆，魂梦摇摇，忽而到这沉静、安闲、整齐、舒适的小岛来一住，真像是在做梦。

　　是梦也罢，是现实也罢，总之，是"三宿槟城恋有余"也！

　　此番的下南洋，本来是为《星洲日报》编副刊来的。但是十二月廿八日到星洲，两日过后便是新年的假日。却正逢星洲的兄弟报，槟城《星槟日报》，于元旦日开始发行，秉文虎先生之命，又承星槟诸同事之招，谓"值此佳期，何不北来一玩！"于是乎就青春结伴，和关老同车，驱驰千五百里，摇摇摆摆地上这东方的花县来了。

　　车抵北海，就看见了许多整齐高洁的洋楼，汇齿似的堤坝和一湾碧海，几座青山。在车窗里看见的那些椰子园、树胶园、金马仑的高山，怡保附近的奇峰怪石，以及锡矿探掘场等印象，一忽儿又为这整洁、宽广、闲适的新印象掩没下去了，我们就在微风与夕照的交响乐中间，西渡到了槟城。

　　船到西码头就遇到了一次迎候者的袭击，黄领事、胡总经理、胡主笔、邓曾张三先生，此外还有 A 老兄、B 大哥，真令人要下几点"到处论交齐管鲍，天涯何地不家乡"的感泪。

初到的这一天晚上，上北海岸春波别业（Spring Tide Hotel）里去吃了一顿晚餐，又像是大罗天上的筵席。先不必提鱼翅海参等老饕的口头禅，你且听一听这洗岸的涛声，看一看这长途的列树，这银色的灯光，这长长的海岸堤路！

住宅区的房屋，是曲线与红白青黄等颜色交织而成的；灯光似水，列树如云，在长堤上走着，更时时有美人在梦里呼吸似的气嘘吹来，这不是微风，这简直是百花仙子噘着嘴，向你一口一口吹出来的香气。

第一晚，像这样匆匆过了。第二天，就上了升旗山的绝顶。海拔高二千四五百英尺，缆车一路，分作两段，路上的岩石、清溪、花木、别墅，多得来记不胜记，尤其使这些海光山色，天日风云，生动灵奇。增加起异彩来的，是同游的我们这一群士女，因为地灵了，若人不杰，终于是画里的沧桑；总要"二难并，四美具"后，才显得出马当的神赐，天勃的天才。

且让我来先抄一个同游的题名榜者。黄领事、胡总经理、胡主笔夫妇、曾秘书夫妇、邓先生夫妇、林小姐、马利小姐、关夫子与区区。

一行十二人，占车两节半。到了山腰，已觉得空气寒冷，呼吸有点儿紧起来了，回头一看，更觉得是烟云缭绕，身体已化作魂灵，游弋在天半的空中。

屋瓦鳞鳞的，是乔其市的烟灶；白墙碧水，围绕着树木层层的，是两个蓄水池的区间；青山隐隐，绿水迢迢，从高处看下来，极乐寺的高塔，只像是一顶黄色的笠帽。

更上一层，便到了山顶；沿柏油马路弯弯曲曲地走去，路旁边摆在那里的，尽是一盆一盆的温带地的秋花，有西方莲（大丽亚），有四季春，有榆儿梅，有五月花（绣球花）。而最令人注意的，却是几盆颜色不同，种子各异的红黄白紫的陶家秋菊。

胡迈太太说："好久不看见菊花了，真令人高兴！"这句话实在有点儿诗意，我暗暗在心里记住了。

一霎时，高山上起了云雾，一块一块同飞絮似的东西，从我们的襟上头上，轻轻掠过；脚底下的市镇溪山，全掉落了在云海里了；我们中间，互相对视，也觉得隐隐现现，似在炉香缥缈的烟中，大家的童心发现了，一群大小，竟像是乐园中的童男童女，于是便卸去了尊严，回复了自然，同时高声叫着说：

"我们已经到了天上！"

在茶室里坐定，吃了些咖啡红茶、点心果饼之后，我一个人行出茶室来，又上山顶高处，独立在云雾中间，向北凝视了一回，正在登高望远，生起感伤病来的当儿，关先生走近我的身边来了；他拂了一拂云雾，微笑着说：

"这景象有点儿像庐山，大好河山，要几时才收复得来！

你的诗料，收集起来了没有？"

我虽也只回了他一笑，但心中落寞，却早想着了下面的两首打油菜子：

> 好山多半被云遮，北望中原路正赊。
> 高处旗升风日淡，南天冬尽见秋花。

这是用胡太太的那一句诗语的。

> 匡庐曾记昔年游，挂席名山孟氏舟。
> 谁分仓皇南渡日，一瓢犹得住瀛洲。

这是记关先生目前的这一句话的。

诗成之后，天也阴阴地晚了；赶下山来，还在暮天钟鼓声中，上极乐寺去求了两张签诗。其一是昭君和番的故事，诗叫作"一山如画对清江，门里团圆事事双，谁料半途分析去，空帏无语对银缸"。我问的是前程，而他说的却似是家室。详猜不出，于是乎再来一次。其二是刘先生如鱼得水的故事，诗叫作"草庐三顾恩难报，今日相逢喜十分，恰似旱天俄得雨，筹谋鼎足定乾坤"。（前者第十四签，后者第廿一签。）签也求了，春满园的饱饭也吃了，回来之后，身体疲倦得像棉花一样。夜半挑灯，起来记此一段游踪；明天再玩一天，再宿一宵，就须附车南下，去做剪刀糨糊、油墨朱笔的消费人。欢娱苦短，来日方长，"三宿槟城恋有余"——这一句自作的歪诗，我将在车厢里念着，报馆办事房里念着，甚至于每日清早的便所里念着，直到我末日的来时为止。

作者登升旗山时，以友人的两句话为凭作诗二首。不是游戏笔墨，也不是为逞才情，而是对景对物有感而发，从眼前景色联想到故土旧迹，继而感叹个人经历、家国命运，自有一种沉重感、悲凉味。古往今来，不少爱国文人都曾借景抒情，写下忧国忧民的诗句，你能否列举一二？

小春天气（节选）

导读提示

本文写于1924年，其时郁达夫在北京大学担任统计学讲师，年末离职。本文的小春并不指春天，而是指十月份——深秋之前，阳光和煦，平稳无风，给人以春天的感觉，故有词"小春日和"。作者写景物，往往抓住某些微小之处加以细腻的描绘，以出神韵。结尾对落日景致的描绘更是饱含层次感和色彩感，如同西洋油画。全文记录了作者与友人去郊外又回城，为了采风漫游的所见所谈，也表述了自己明知不该辜负好时光，但还是因为内心愁绪，没能畅快享受、沉浸其中的复杂心绪。

二

现在我们这里所享有的，是一年中间最好不过的十月。江北江南，正是小春的时候。况且世界又是大同，东洋车、牛

车、马车上，一闪一闪地在微风里飘荡的，都是些除五色旗外的世界各国的旗子。天色苍苍，又高又远，不但我们大家酣歌笑舞的声音，达不到天听，就是我们的哀号狂泣，也和耶和华的耳朵，隔着蓬山几千万叠。生逢这样的太平盛世，依理我也应该向长安的落日，遥敬一杯祝颂南山的寿酒，但不晓怎么的，我自昨天以来，明镜似的心里，又忽而起了一层翳障。

仰起头来看看青天，空气澄清得怖人；各处散射在那里的阳光，又好像要对我说一句什么可怕的话，但是因为爱我怜我的缘故，不敢马上说出来的样子。脚底下铺着扫不尽的落叶，忽而索落索落地响了一声，待我低下头来，向发出声音来的地方望去，又看不出什么动静来了，这大约是我们庭后的那一棵槐树，又摆脱了一叶负担了吧。正是午前十点钟的光景，家里的人都出去了，我因为孤伶仃一个人在屋里坐不住，所以才踱到院子里来的，然而在院子里站了一忽，也觉得没有什么意思，昨晚来的那一点小小的忧郁，仍复笼罩在我的心上。

当半年前，每天只是忧郁的连续的时候，倒反而有一种余裕来享乐这一种忧郁，现在连快乐也享受不了的我的脆弱的身心，忽而沾染了这一层虽则是很淡很淡，但也好像是很深的隐忧，只觉得坐立都是不安。没有方法，我就把香烟连续地吸了好几支。

是神明的摄理呢，还是我的星命的佳会？正在这无可奈何的时候，门铃儿响了。小朋友G君，背了水彩画具架进来说：

"达夫，我想去郊外写生，你也同我去郊外走走吧！"

G君年纪不满二十，是一位很活泼的青年画家，因为我也很喜欢看画，所以他老上我这里来和我讲些关于作画的事情。据他说，"今天天气太好，坐在家里，太对大自然不起，还是出去走走的好。"我换了衣服，一边和他走出门来，一边告诉门房"中饭不来吃，叫大家不要等我"的时候，心里所感得的喜悦，怎么也形容不出来。

三

　　本来是没有一定目的地的我们，到了路上，自然而然地走向西去，出了平则门。阳光不问城里城外，一例地很丰富地洒在那里。城门附近的小摊儿上，在那里摊开花生米的小贩，大约是因为他穿着的那件宽大的夹袄的原因吧，觉得也反映着一味秋气。茶馆里的茶客和路上来往的行人，在这样和煦的太阳光里，面上总脱不了一副贫陋的颜色；我看看这些人的样子，心里又有点不舒服起来，所以就叫 G 君避开城外的大街沿城折往北去。夏天常来的这城下长堤上，今天来往的大车特别的少。道旁的杨柳，颜色也变了，影子也疏了。城河里的浅水，依旧映着晴空，反射着日光，实际上和夏天并没有什么区别，但我觉得总有一种寂寥的感觉，浮在水面。抬头看看对岸，远近一排半凋的林木，纵横交错地列在空中。大地的颜色，也不似夏日的茏葱，地上的浅草都已枯尽，带起浅黄色来了。法国教堂的屋顶，也好像失了势力似的，在半凋的树林中孤立在那里。与夏天一样的，只有一排西山连亘的峰峦。大约是今天空气格外澄鲜的缘故吧，这排明褐色的屏障，觉得是近得多了，的确比平时近得多了。此外弥漫在空际的，只有明蓝澄洁的空气、悠久广大的天空和饱满的阳光、和暖的阳光。隔岸堤上，忽而走出了两个着灰色制服的兵来。他们拖了两个斜短的影子，默默地在向南行走。我见了他们，想起了前几天平则门外的抢劫的事情，所以就对G君说：

"我看这里太辽阔，取不下景来，我们还是进城去吧！上小馆子去吃了午饭再说。"

G君踏来踏去地看了一会，对我笑着说："近来不晓怎么的，有一种莫名其妙的神秘的灵感，常常闪现在我的脑里。今天是不成了，没有带颜料和油画的家伙来。"他说着用手向远处教堂一指，同时又接着说：

"几时我想画画教堂里的宗教画看。"

"那好得很啊！"

猫猫虎虎地这样回答了一句，我就转换方向，慢慢地走回到城里来了。落后了几步，他又背着画具，慢慢地跟我走来。

四

喝了两斤黄酒，吃得满满的一腹。我和G君坐在洋车上，被拉往陶然亭去的时候，太阳已经打斜了。本来是有点醉意，又被午后的阳光一烘，我坐在车上，眼睛觉得渐渐地朦胧了起来。洋车走尽了粉房琉璃街，过了几处高低不平的新开地，交入南下洼旷野的时候，我向右边一望，只见几列粼粼的屋瓦，半隐半现地在西边一带的疏林里跳跃。天色依旧是苍苍无底，旷野里的杂粮也已割尽，四面望去，只是洪水似的午后的阳光和远远躺在阳光里的矮小的坛殿城池。我张了一张睡眼，向周围望了一圈，忽笑向G君说：

"'秋气满天地，胡为君远行'，这两句唐诗真有意思，要是今天是你去法国的日子，我在这里饯你的行，那么再比这两句诗适当的句子怕是没有了，哈哈……"

只喝了半小杯酒，脸上已涨得潮红的G君也笑着对我说：

"唐诗不是这样的两句，你记错了吧！"

两人在车上笑说着，洋车已经走入了陶然亭近旁的芦花丛里，一片灰白的毫芒，无风也自己在那里作浪。西边天际有几点青山隐隐，好像在那里笑着对我们点头。下车的时候，我觉得支持不住了，就对G君说：

"我想上陶然亭去睡一觉，你在这里画吧！现在总不过两点多钟，我睡醒了再来找你。"

五

陶然亭的听差的来摇我醒来的时候，西窗上已经射满了红色的残阳。我洗了手脸，喝了两碗清茶，从东面的台阶上下来，看见陶然亭的黑影，已经越过了东边的道路，遮满了一大块道路东面的芦花水地。往北走去，只见前后左右，尽是茫茫一片的白色芦花。西北抱冰堂一角，扩张着阴影，西侧面的高处，满挂了夕阳最后的余光，在那里催促农民的息作。穿过了香冢鹦鹉冢的土堆的东面，在一条浅水和墓地的中间，我

远远认出了 G 君的侧面朝着斜阳的影子。从芦花铺满的野路上将走近 G 君背后的时候，我忽而气也吐不出来，向西边瞪目呆住了。这样伟大的，这样迷人的落日的远景，我却从来没有看见过。太阳离山，大约不过盈尺的光景，点点的遥山，淡得比春初的嫩草还要虚无缥缈。监狱里的一架高亭，突出在许多有谐调的树林的枝干高头。芦根的浅水，满浮着芦花的绒穗，也不像积绒，也不像银河。芦萍开处，忽映出一道细狭而金赤的阳光，高冲牛斗。同是在这返光里飞堕的几簇芦绒，半边是红，半边是白。我向西呆看了几分钟，又回头向东南北三面环眺了几分钟，忽而把什么都忘掉了，连我自家的身体都忘掉了。

上前走了几步，在灰暗中我看见 G 君的两手，正在忙动。我叫了一声，G 君头也不朝转来，很急促地对我说：

"你来，你来，来看我的杰作！"

我走近前去一看，他画架上，悬在那里，正在上色的，并不是夕阳，也不是芦花，画的中间，向右斜曲的，却是一条颜色很沉滞的大道。道旁是一处阴森的墓地，墓地的背后，有许多灰黑凋残的古木，横叉在空间。枯木林中，半弯下弦的残月，刚升起来，冰冷的月光，模糊隐约地照出了一只停在墓地树枝上的猫头鹰的半身。颜色虽则还没有上全，然而一道逼人的冷气，却从这幅未完的画面直向观者的脸上喷来。我簇紧了

131

眉峰，对这画面静看了几分钟，抬起头来正想说话的时候，觉得太阳已经完全下山了，四面的薄暮的光景也比一刻前促迫了。尤其是使我惊恐的，是我抬起头来的时候，在我们的西北的墓地里，也有一个很淡很淡的黑影，动了一动。我默默地停了一会，惊心定后，再朝转头来看东边天上的时候，却见了一痕初五六的新月，悬挂在空中。又停了一会，把惊恐之心，按捺了下去，我才慢慢地对G君说：

"这一张小画，的确是你的杰作，未完的杰作。太晚了，快快起来，我们走吧！我觉得冷得很。"我话没有讲完，又对他那张画看了一眼，打了一个冷噤，忽而觉得毛发都悚竖了起来，同时自昨天来在我胸中盘踞着的那种莫名其妙的忧郁，又笼罩上我的心来了。

G君含了满足的微笑，尽在那里闭了一只眼睛——这是他的脾气——细看他那未完的杰作。我催了他好几次，他才起来收拾画具。我们二人慢慢地走回家来的时候，他也好像倦了，不愿意讲话，我也为那种忧郁所侵袭，不想开口。两人默默地走到灯火荧荧的民房很多的地方，G君方开口问我说：

"这一张画的题目，我想叫'残秋的日暮'，你说好不好？"

"画上的表现，岂不是半夜的景象吗？何以叫日暮呢？"

他听了我这句话，又含了神秘的微笑说：

"这就是今天早晨我和你谈的神秘的灵感哟！我画的画，老喜欢依画画时候的情感节季来命题，画面和画题合不合，我是不管的。"

"那么，'残秋的日暮'也觉得太衰飒了，况且现在已经入了十月，十月小阳春，哪里是什么残秋呢？"

"那么我这张画就叫作'小春'吧！"

这时候我们已经走进了一条热闹的横街，两人各雇着洋车，分手回来的时候，上弦的新月，也已起来得很高了。我一个人摇来摇去地被拉回家来，路上经过了许多无人来往的乌黑的僻巷。僻巷的空地道上，纵横倒在那里的，只是些房屋和电杆的黑影。从灯火辉煌的大街，忽而转入这样僻静的地方的时候，谁也会发生一种奇怪的感觉出来，我在这初月微明的天盖下面苍茫四顾，也忽而好像是遇见了什么似的，心里的那一种莫名其妙的忧郁，更深起来了。

读 与 思

郁达夫毕业于东京帝国大学经济学部，却成为文学巨擘；众所周知，鲁迅也是深感学医救不了中国人，弃医从文；福尔摩斯之父——柯南·道尔毕业于爱丁堡医科大学。专业从来都不能限制一个人的志向与梦想。你还知道哪些打破专业，在感兴趣的领域成就终身事业的名人呢？

杨梅烧酒

提示导读

郁达夫曾和家人定居上海一段时间，此间时不时去往杭州。此次赴杭，会一位东京大学毕业的旧友。作者从外貌、动作、语言多个角度对这位友人进行了描写，场景从补习学校转移到四五流饭馆。杨梅烧酒下肚，友人越发放浪癫狂，直到二人扭打在一起。一位穷苦惨淡、压抑愤懑、郁郁不得志，甚至于发疯的知识分子形象鲜活发烫。作者对于文字的驾驭也可见一斑，起初对友人落魄形象和压抑工作环境的描写为后文他的爆发埋下伏笔，到友人酒后疯癫，丑态百出，全文达到高潮，之后却戛然而止，唯余"大约这就是人生吧"的慨叹，让人百感交集。

病了半年，足迹不曾出病房一步，新近起床，自然想上什么地方去走走。照新的说法，是去转换转换空气；照旧的说来，也好去被除被除邪孽的不祥；总之久蛰思动，大约也是人之常情，更何况这气候，这一个火热的土王用事的气候，实在在逼人不得不向海天空阔的地方去躲避一回。所以我首先想到的，是日本的温泉地带，北戴河、威海卫、青岛、牯岭等避暑的处所。但是衣衫褴褛、饘粥不全的近半年来的经济状况，又不许我有这一种模仿普罗大家的阔绰的行为。寻思的结果，终觉得还是到杭州去好些；究竟是到杭州去的路费来得省一点，此外我并且还有一位旧友在那里住着，此去也好去看他一看，在灯昏酒满的街头，也可以去和他叙一叙七八年不见的旧离情。

像这样决心以后的第二天午后，我已经在湖上的一家小饭馆里和这位多年不见的老朋友在吃应时的杨梅烧酒了。

屋外头是同在赤道直下的地点似的伏里的阳光，湖面上满泛着微温的泥水和从这些泥水里蒸发出来的略带腥臭的气层儿。大道上车夫也很少，来往的行人更是不多。饭馆的灰尘积得很厚的许多桌子中间，也只坐有我们这两位点菜要先问一问价钱的顾客。

他——我这一位旧友——和我已经有七八年不见了。说起来实在话也很长，总之，他是我在东京大学里念书时候的一位预科的级友。毕业之后，两人东奔西走，各不往来，各不晓得各的住址，已经隔绝了七八年了。直到最近，似乎有一位不良少年，在假了我的名氏向各处募款，说："某某病倒在上海了，现在被收留在上海的一个慈善团体的××病院里。四海的仁人君子，诸大善士，无论和某某相识或不相识的，都希望惠赐若干，以救某某的死生的危急。"我这一位旧友，不知从什么地方，也听到了这一个消息，在一个月前，居然也从他的血汗的收入里割出了两块钱来，慎重其事地汇寄到了上海的××病院。在这××病院内，我本来是有一位医士认识的，所以两礼拜前，他的那两元义捐和一封很简略的信终于由那一位医士转到了我的手里。接到了他这封信，并且另外更发现了有几处有我署名的未完稿件发表的事情之后，向远近四处去一打听，我才原原本本地晓得了那一位不良少年所做的在前面已经说过的把戏。而这一出实在也是滑稽得很的小悲剧，现在却终于成了我们两个旧友的再见的基因。

他穿的是肩头上有补缀的一件夏布长衫，进饭馆之后，这件长衫却被两个纽扣吊起，挂上壁上去了。所以他和我，都只剩了一件汗衫、一条短裤的野蛮形状。当然他的那件汗衫比我的来得黑，而且背脊里已经有两个小孔了，而我的一件哩，却正是在上海动身以前刚花了五毫银币新买的国货。

他的相貌，非但同七八年前没有丝毫的改变，就是同在东京初进大学预科的那一年，也还是一个样儿。嘴底下的一簇绕腮胡，还是同十几年前一样，似乎是刚剃过了三两天的样子，长得正有一二分厚，远看过去，他的下巴像一个倒挂在那里的黑漆小木鱼。说也奇怪，我和他同学了四五年，及回国之后又不见了七八年的中间，他的这一簇绕腮胡，总从没有过长得较短一点或较长一点的时节。仿佛是他娘生他下地来的时候，这胡须就那么地生在那里，以后直到他死的时候，也不会发生变化似的。他的两只似乎是哭了一阵之后的肿眼，也仍旧是同学生时代一样，只是朦胧地在看着鼻尖，淡含着一味莫名其妙的笑影。额角仍旧是那么宽，颧骨仍旧是高得很，颧骨下的脸颊部仍旧是深深地陷入，窝里总有一个小酒杯好摆的样子。他的年纪，也仍旧是同学生时代一样，看起来，从二十五岁起到五十二岁止的中间，无论哪一个年龄都可以看的。

　　当我从火车站下来，上离车站不远的一个暑期英算补习学校——这学校也真是倒霉，简直是像上海的专吃二房东饭的人家的两间阁楼——里去看他的时候，他正在那里上课。一间黑漆漆的矮屋里，坐着八九个十四五岁的呆笨的小孩，眼睛呆呆地在注视着黑板。他老先生背转了身，伸长了时时在起痉挛的手，尽在黑板上写数学的公式和演题，屋子里声息全无，只充满着滴滴答答的他的粉笔的响声。因此他那一个圆背和那件有一大块被汗湿透的夏布长衫，就很惹起了我的注意。我在楼下向他们房东问他的名字的时候，他在楼上一定是听见的，同时在这样静寂的授课中间，我的一步一步走上楼去的脚步声，他总也不会不听到的。当我上楼之后，他的学生全部向我注视的一层眼光，就可以证明，但是向来神经就似乎有点麻木的他，竟动也不动一动，仍在继续着写他的公式，所以我只好静静地在后一排学生的一个空位里坐落。他把公式演题在黑板上写满了，又从头至尾地看了一遍，看有没有写错，又朝黑板空咳了两三声，又把粉笔放下，将身上的粉末打了一打干净，才慢慢地旋转身来。这时候他的额上嘴上，已经盛满了一颗颗的大汗。他的红肿的两眼，大约总也已满被汗水封没了吧，他竟没有看到我而若无其事地又讲了一阵，才宣告算学课毕，教学生们走向另一间矮屋里去听讲英文。楼上起了动摇，学生们争先恐后地奔往隔壁的那间矮屋里去了，我才徐徐地立起身来，走近了他，把手伸出向他的沾湿的肩头上拍了一拍。

"噢，你是几时来的？"

终于他也表示出了一种惊异的表情，举起了他那两只朦胧的老在注视鼻尖的眼睛。左手捏住了我的手，右手他就在袋里摸出了一块黑而且湿的手帕来揩他头上的汗。

"因为教书教得太起劲了，所以你的上来，我竟没有听到。这天气可真了不得。你的病好了吗？"

他接连着说出了许多前后不接的问我的话，这是他的兴奋状态的表示，也还是学生时代的那一种样子。我略答了他一下，就问他以后有没有课了。他说：

"今天因为甲班的学生，已经毕业了，所以只剩了这一班乙班，我的数学教完，今天是没有课了。下一个钟头的英文，是由校长自己教的。"

"那么我们上湖滨去走走，你说可以不可以？"

"可以，可以，马上就去。"

于是乎我们就到了湖滨，就上了这一家大约是第四五流的小小的饭馆。

在饭馆里坐下，点好了几盘价廉可口的小菜，杨梅烧酒也喝了几口之后，我们才开始细细地谈起别后的天来。

"你近来的生活怎么样？"开始头一句，他就问起了我的职业。

"职业虽则没有，穷虽则也穷到可观的地步，但是吃饭穿衣的几件事情，总也勉强地在这里支持过去。你呢？"

"我吗？像你所看见的一样，倒也还好。这暑期学校里教一个月书，倒也有十六块大洋的进款。"

"那么暑期学校完了就怎么办哩？"

"也就在那里的完全小学校里教书，好在先生只有我和校长两个，十六块钱一个月是不会没有的。听说你在做书，进款大约总还好吧？"

"好是不会好的，但十六块或六十块里外的钱是每月弄得到的。"

"说你是病倒在上海的养老院里的这一件事情，虽然是人家的假冒，但是这假冒者何以偏又要来使用像你我这样的人的名义哩？"

"这大约是因为这位假冒者受了一点教育的毒害的缘故。大约因为他也是和你我一样地有了一点智识而没有正当的地方去用。"

"嗳，嗳，说起智识的正当的用处，我到现在也正在这里想。我的应用化学的智识，回国以后虽则还没有用到过一天，但是，但是，我想这一次总可以成功的。"

谈到了这里，他的颜面转换了方向，不在向我看了，而转眼看向了外边的太阳光里。

"嗳，这一回我想总可以成功的。"

他简直是忘记了我，似乎在一个人独语的样子。

"初步机械两千元，工厂建筑一千五百元，一千元买石英等材料和石炭，一千元人伕广告，嗳，广告却不可以不登，总计五千五百元。五千五百元的资本。以后就可以烧制出品，算它只出一百块的制品一天，那么一三得三，一个月三千块。一年么三万六千块，打一个八折，三八两万四，三六一千八，总也还有两万五千八百块。以六千块还资本，以六千块做扩张费，把一万块钱来造它一所住宅，嗳，住宅当然公司里的人是都可以来住的。那么，那么，只教一年，一年之后，就可以了……"

我只听他计算得起劲，但简直不晓得他在那里计算些什么，所以又轻轻地问他：

"你在计算的是什么？是明朝的演题吗？"

"不，不，我说的是玻璃工厂，一年之后，本利偿清，又可以拿出一万块钱来造一所共同的住宅，吓，你说多么占利啊！嗳，这一所住宅，造好之后，你还可以来住哩，来住着写书，并且顺便也可以替我们做点广告之类，好不好？干杯，干杯，干了它这一杯烧酒。"

莫名其妙，他把酒杯擎起来了，我也只得和他一道，把一杯杨梅已经吃了剩下来的烧酒干了。他干下了那半杯烧酒，紧闭着嘴，又把眼睛闭上，陶然地静止了一分钟。随后又张开了那双红肿的眼睛。大声叫着茶房说：

"堂倌！再来两杯！"

两杯新的杨梅烧酒来后，他紧闭着眼，背靠着后面的板壁，一只手拿着手帕，一次一次地揩拭面部的汗珠，一只手尽是一个一个地拿着杨梅在往嘴里送。嚼着靠着，眼睛闭着，他一面还尽在哼哼地说着：

"嗳，嗳，造一间住宅，在湖滨造一间新式的住宅。玻璃，玻璃么，用本厂的玻璃，要斯断格拉斯。一万块钱，一万块大洋。"

这样地哼了一阵，吃杨梅吃了一阵了，他又忽而把酒杯举起，睁开眼叫我说：

"喂，老同学，朋友，再干一杯！"

我没有法子，所以只好又举起杯来和他干了一半，但看看他的那杯高玻璃杯的杨梅烧酒，却是杨梅与酒都已吃完了。喝完酒后，一面又闭上眼睛，向后面的板壁靠着，一面他又高叫着堂倌说：

"堂倌！再来两杯！"

堂倌果然又拿了两杯盛得满满的杨梅与酒来，摆在我们的面前。他又同从前一样地闭上眼睛，靠着板壁，再一个杨梅、一个杨梅地往嘴里送。我这时候也有点喝得醺醺地醉了，所以什么也不去管它，只是沉默着在桌上将两手叉住了头打瞌睡，但是在还没有完全睡熟的耳旁，只听见同蜜蜂叫似的他在哼着说：

"啊，真痛快，痛快，一万块钱！一所湖滨的住宅！一个老同学，一位朋友，从远地方来，喝酒，喝酒，喝酒！"

我因为被他这样在那里叫着，所以终于睡不舒服。但是这伏天的两杯杨梅烧酒和半日的火车旅行，已经弄得我倦极了，所以很想马上去就近寻一个旅馆来睡一下。这时候正好他又睁开眼来叫我干第三杯烧酒了，我也顺便清醒了一下，睁大了双眼，和他真真地干了一杯。等这一杯似甘非甘的烧酒落肚，我却也有点支持不住了，所以就教堂倌过来算账。他看见了堂倌过来，我在付账了，就同发了疯似的突然站起，一只手叉住了我那只捏着纸币的右手，一只左手尽在裤腰左近的皮袋里乱摸。等堂倌将我的纸币拿去，把找头的铜圆角子拿来摆在桌上的时候，他脸上一青，红肿的眼睛一吊，顺手就把桌上的铜圆抓起，锵叮叮地掷上了我的面部。扑嗒地一响，我的右眼上面的太阳穴里就凉阴阴地起了一种刺激的感觉，接着就有点痛起来了。这时候我也被酒精激刺着发了作，呆视住他，大声地喝了一声：

"喂，你发了疯了吗，你在干什么？"

他那一张本来是畸形的面上，弄得满面青青，涨溢着一层杀气。

"我要打倒你们这些资本家，打倒你们这些不劳而食的畜生！来，我们来比比腕力看。要你来付钱，你算在卖富吗？"

他眉毛一竖，牙齿咬得紧紧，捏起两个拳头，狠命地就扑上了我的身边。我也觉得气极了，不管三七二十一就和他扭打了拢来。

白丹，丁当，扑落扑落的桌椅杯盘都倒翻在地上了，我和他两个就也滚跌到了店门的外头。两个人打到了如何的地步，

我简直不晓得了，只听见四面哗哗哗哗地赶聚了许多闲人车夫巡警拢来。

等我睡醒了一觉，渴想着水喝，支着鳞伤遍体的身体在第二分署的木栅栏里醒转来的时候，短短的夏夜，已经是天将放亮的午前三四点钟的时刻了。

我睁开了两眼，向四面看了一周，又向栅栏外刚走过去的一位值夜的巡警问了一个明白，才朦胧地记起了白天的情节。我又问我的那位朋友呢，巡警说，他早已酒醒，两点钟之前回到城站的学校里去了。我就求他去向巡长回禀一声，马上放我回去。他去了一刻之后，就把我的长衫草帽并钱包拿还了我。我一面把衣服穿上，出去去解了一个小解，一面就请他去倒一碗水来给我止渴。等我将五元纸币私下塞在他的手里，戴上草帽，由第二分署的大门口走出来的时候，天已经完全亮了。被晓风一吹，头脑清醒了一点，我却想起了昨天午后的事情全部，同时在心坎里竟同触了电似的起了一层淡淡的忧郁的微波。

"啊啊，大约这就是人生吧！"

我一边慢慢地向前走着，一边却不知不觉地从嘴里念出了这样的一句独白来。

一九三〇年七月作

读 与 思

　　读完本文，这位"旧友"的形象在脑海中挥之不去：他误以为郁达夫生病，在自己也不富裕的情况下慷慨捐款，他在补习学校授课时的辛苦劳累，他酒后胡言乱语的癫狂扭曲。他代表了文学中特别的一类人——落魄知识分子。你还能想到其他类似的人物形象吗？

孤独颠沛仍是礼物

◆ 自家除了已身以外，已经没有弟兄，没有邻人，没有朋友，没有社会了。自家在这世上，像这样的，已经成了一个孤独者了……

归航(节选)

导读提示

在日本求学十年,将离之时,郁达夫的心情要比寻常留学归国的学子更加复杂。一方面,他在日本度过了十年的青春时光,有很多难忘的回忆,不免生出留恋和感伤;另一方面,作为"无产阶级的一介分子",在"强暴的"傲慢的异国客居,会遭遇很多屈辱的时刻。这些复杂的心情交织,让即将回国的郁达夫的情绪跌宕难平。文章的前半部分,多次使用第二人称来宣泄这种强烈的情绪,而后半部分又以大段的景物描写即在门司的所见收尾,使作者的不平与愤懑又被别离的忧伤收束。

微寒刺骨的初冬晚上,若在清冷同中世似的故乡小市镇中,吃了晚饭,于未敲二更之先,便与家中的老幼上了楼,将你的身体躺入温暖的被里,呆呆地隔着帐子,注视着你的低小的木桌上的灯光，你必要因听了窗外冷清的街上过路人的歌音和足声而泪落。你因了这灰暗的街上的行人，必要追想到你孩提时候的景象上去。这微寒静寂的晚间的空气，这幽闲落寞的夜行者的哀歌，与你儿童时代所经历的一样，但是睡在楼上薄棉被里，听这哀歌的人的变化却如何了？一想到这里，谁能不生起伤感的情来呢？——但是我的此言，是为像我一样的无能力的将近中年的人而说的——

我在日本的郊外夕阳晼晚的山野田间散步的时候，也忽而起了一种同这情怀相像的怀乡的悲感；看看几个日夕谈心的朋友，一个一个地减少下去的时候，我也想把我的迷游生活（wamdering life）结束了。

十年久住的这海东的岛国，把我那同玫瑰露似的青春消磨了的这异乡的天地，我虽受了她的凌辱不少，我虽不愿第二次再使她来吻我的脚底，但是因为这厌恶的情太深了，到了将离的时候，倒反而生出了一种不忍与她诀别的心来。啊啊，这柔情一脉，便是千古的伤心种子，人生的悲剧，大约是发芽在此地的吧？

我于未去日本之先，我的高等学校时代的生活背景，也想再去探看一回。我于永久离开这强暴的小国之先，我的迭次失败了的浪漫史（romance）的血迹，也想再去揩拭一回。

"轻薄淫荡的异性者呀，你们用了种种柔术，想把来弄杀了的他，现在已经化作了仙人，想回到他的须弥故国去了。请你们尽在这里试用你们的手段吧，他将要骑了白鹤，回到他的母亲怀里去了。他回去之后，定将拥挟了霓裳仙子，舞几夜通宵的歌舞，他是再也不来向你们乞怜的了。"

我也想用了微笑，代替了这一段言语，向那些愚弄过我的妇人，告个长别，用以泄泄我的一段幽恨。为了这种种琐碎的原因，我的回国日期竟一天一天地延长了许多的时日。

从家里寄来的款也到了，几个留在东京过夏的朋友为我饯行的席也设了，想去的地方，也差不多去过了，几册爱读的书也买好了，但是要上船的第一天（七月的十五）我又忽而跑上日本邮船公司去，把我的船票改迟了一班，我虽知道在黄海的这面有几个——我只说几个——与我意气相合的朋友在那里等我，但是我这莫名其妙的离情，我这像将死时一样的哀感，究竟教我如何处置呢？我到七月十九的晚上，喝醉了酒，才上了东京的火车，上神户去乘翌日出发的归舟。

二十的早晨从车上走下来的时候，赤色的太阳光线已经将神户市的一大半房屋烧热了。神户市的附近，须磨是风光明媚的海滨村，是三伏中地上避暑的快乐园，当前年须磨寺大祭的晚上，是我与一个不相识的妇人共宿过的地方。依我目下的情怀说来，是不得不再去留一宵宿，叹几声别的，但是回故国的轮船将于午前十点钟开行，我只能在海上与她遥别了。

"妇人呀妇人，但愿你健在，但愿你荣华，我今天是不能来看你了。再会……不……不……永别了……"

须磨的西边是明石，紫式部的同画卷似的文章，蓝苍的海浪，洁白的沙滨，参差雅淡的别庄，别庄内的美人，美人的幽梦……

"明石呀明石！我只能在游仙枕上，远梦到你的青松影里，再来和你的儿女谈多情的韵事了。"

八点半钟上了船，照管行李，整理舱位，足足忙了两个钟头；船的前后铁索响的时候，铜锣报知将开船的时候，我的十年中积下来的对日本的愤恨与悲哀，不由得化作了数行冰冷的清泪，把海湾一带的风影，染成了模糊像梦里的江山。

"啊啊，日本呀！世界一等强国的日本呀！国民比我们矮小，野心比我们强烈的日本呀！我去之后，你的海岸大约依旧是风光明媚，你的儿女大约依旧是荒淫无忌地过去的。天色的苍茫，海洋的浩荡，大约总不至因我之去而稍生变更的。我的同胞的青年，大约仍旧要上你这里来，继续了我的运命，受你的欺辱的。但是我的青春，我的在你这无情的地上花费了的青春！啊啊，枯死的青春呀，你大约总再也不能回复到我的身上来了吧！"

二十一日的早晨，我还在三等舱里做梦的时候，同舱的鲁君就跳到我的枕边上来说："到了到了！到门司了！你起来同我们上门司去吧！"

我乘的这只船，是经过门司不经过长崎的，所以门司，便是中途停泊的最后的海港，我的从昨日酝酿成的那种伤感的情怀，听了"门司"两字，又在我的胸中复活了起来。一只手擦着眼睛，一只手捏了牙刷，我就跟了鲁君走出舱来。淡蓝的天色，已经被赤热的太阳光线笼罩了东方半角。平静无波的海上，贯流着一种夏天早晨特有的清新的空气。船的左右岸有几堆同青螺似的小岛，受了朝阳的照耀，映出了一种浓润的绿色。前面去左船舷不远的地方有一条翠绿的横山，山上有两株无线电报的电杆，突出在碧落的背景里；这电杆下就是门司港市了。船又行进了三五十分钟，回到那横山正面的时候，我只见无数的人家，无数的工厂烟囱，无数的船舶和桅杆，纵横错落地浮映在天水中间的太阳光线里，船已经到了门司了。

门司是此次我的脚所践踏的最后的日本土地。上海虽然有日本的居民，天津汉口杭州虽然有日本的租界，但是日本的本土，怕今后与我便无缘分了。因为日本是我所最厌恶的土地，所以今后大约我总不至于再来的。因为我是无产阶级的一介分子，所以将来大约我总不至坐在赴美国的船上，再向神户横滨来泊船的。所以我可以说门司便是此次我的脚所践踏的最后的日本土地了。

我因为想深深地尝一尝这最后的伤感的离情，所以衣服也不换，面也不洗，等船一停下，便一个人跳上了一只来迎德国人的小汽船，跑上岸上去了。小汽船的速力，在海上振动了周围清新的空气，我立在船头上，觉得一种微风同妇人的气息似的吹上了我的面来。蓝碧的海面上，被那小汽船冲起了一层波浪，汽船过处，现出了一片银白的浪花，在那里反射着朝日。

在门司海关码头上岸之后，我觉得射在灰白干燥的陆地路上的阳光，几乎要使我头晕；在海上不感得的一种闷人的热气，一步一步地逼上我的面来，我觉得我的鼻上有几颗珍珠似的汗珠滚出来了；我穿过了门司车站的前庭，便走进狭小的锦町街上去。我想永久将去日本之先，不得不买一点什么东西，做做纪念，所以在街上走了一回，我就踏进了一家书店。

读 与 思

离别从来都是文人墨客笔下的重要内容。在中国文学史上，更有很多作家以各种体裁抒发过对于离别的惆怅之情。试着去搜集一些感人的关于"离别"的文学作品，并了解那一个个"离别"完整的过程、背后的故事或是对作者的影响，这将会让你更好地理解作者在作品中所流露的情感。

还乡记（节选）

本文是作者自叙的一个还乡小片段，虽然描述的是一件很小的"故事"，但是用了丰富的内心活动来丰满叙事。作者几乎在每一个段落中都用了近半的篇幅来描写自己的内心活动，将所见与所想密集穿插，从下车时的衣着打扮与暑热感受，到车站中的孤独踱步，以及与一位女郎的"偶遇"和由之涌起的心理活动——详细地展开，细致的描写突出了作者失意、清高、孤独的形象。

人力车到了北站，站上人物萧条。大约是正在快车开出之后，慢车未发之先，所以现出这沉静的状态。我得了闲空，心里倒生出了一点余裕来，就在北站构内，闲走了一回。因为我此番归去，本来想去看看故乡的景状，能不能容我这零余者回家高卧的，所以我所带的，只有两袖清风，一只空袋和填在鞋底里的几张钞票——这是我的脾气，有钱的时候，老把它们填在鞋子底里。一则可以防止扒手，二则因为我受足了金钱的迫害，借此也可以满足满足我对金钱的复仇的心思，有时候我真有用了全身的气力，拼死踩践它们的举动——而已，身边没有行李，在车站上跑来跑去是非常自由的。

天上的同棉花似的浮云，一块一块地消散开来，有几处竟现出青苍的笑靥来了。灰黄无力的阳光，也有几处看得出来。虽有霏微的海风，一阵阵夹了灰土煤烟，吹到这灰色的车站中间，但是伏天的暑热，已悄悄地在人的腋下腰间送信来了。"啊啊！三伏的暑热，你们不要来缠扰我这消瘦的行路病者！你们且上富家的深闺里去，钻到那些丰肥红白的腿间乳下去，把她们的香液蒸发些出来吧！我只有这一件半旧的夏布长衫，若被汗水流污了，明天就没得更换的呀！"这是我想对暑热央告的话头。

在车站上踏来踏去地走了几遍，站上的行人，渐渐地多起来了。男的女的，行者送者，面上都堆着满贮希望的形容，在那里左旋右转。但是我——单只是我一个人——也无朋友亲戚来送我的行，更无爱人女弟来做我的伴，我的脆弱的心中，又无端地起了万千的哀感：

"论才论貌，在中国的二万万男子中间，我也不一定说是最下流的人，何以我会变成这样的孤苦的呢！我前世犯了什么罪来？我生在什么星的底下？我难道真没有享受快乐的资格的吗？我不能信的，我不能信的。"

这样的一想，我就跑上车站的旁边入口处去，好像是看见了我认识的一位美妙的女郎来送我回家的样子。我走到门口，果真见了几个穿时样的白衣裙的女子，刚从人力车下来。其中有一个十七八岁的，戴白色运动软帽的女学生，手里提了三个很重的小皮箧，走近了我的身边。我不知不觉地伸出了一只手去，想为她代拿一个皮箧，她站住了脚，放开了黑晶晶的两只大眼很诧异地对我看了一眼。

"啊啊！我错了，我昏了，好妹妹，请你不要动怒，我不是坏人，我不是车站上的小窃，不过我的想象力太强，我把你当作了我的想象中的人物，所以得罪了你。恕我恕我，对不起，对不起，你的两眼的责罚，是我所甘受的，你即用了你柔软的小手，批我一顿，我也是甘受的，我错了，我昏了。"

我被她的两眼一看，就同将睡的人受了电击一样，立时涨红了脸，发出了一身冷汗，心里这样地作了一遍谢罪之辞，缩回了手，低下了头，就匆匆地逃走了。

啊啊！这不是衣锦的还乡，这不是罗皮康（Rubicon）的南渡，有谁来送我的行，有谁来做我的伴呢！我的空想也未免太不自量了，我避开了那个女学生，逃到了车站大门口的边上人丛中躲藏的时候，心里还在跳跃不住。凝神屏气地立了一会，向四边偷看了几眼，一种不可捉摸的感情，笼罩上我的全身，我就不得不把我的夏布长衫的小襟拖上面去了。

读 与 思

　　大段的心理描写常见于叙事或抒情散文中，在以往的阅读经历中，有哪些让你印象深刻的心理描写段落或篇章，体现了作者或主人公怎样的情绪和性格特征？试就一两个段落进行分析，体会这种描写在全文中的作用。

一个人在途上

　　初读题目，你能想到什么？或许是一个人漂泊的孤独，或许是一个人奋斗的艰辛……然而，郁达夫经历的是世界上最令人悲痛的事情——与爱子的生离死别。1926年的端午节，郁达夫年仅五岁的儿子龙儿因患脑膜炎不幸去世，因生计漂泊在外的郁达夫辗转赶路，最终还是没能见上儿子最后一面，令他肝肠寸断，抱憾终身。文章开篇引用了卢梭《一个孤独散步者的遐想》中的几句话，表达了郁达夫心中无限的凄切与悲凉。随着行文的展开，作者把儿子患病临死之前的虚弱无助与往日活泼可爱的情态加以对照，把病儿死前不断呼唤父亲和父母对他死后的不舍与自责加以反复渲染，将这种痛失爱子的绝望描写得深入骨髓。在颠沛流离的人生旅途上，儿子的出现对作者来说是一种慰藉，也给他漂泊无依的生活带来了一抹亮色，而如今，这种生活随着儿子的离去再一次变得黯淡无光。这趟旅途，对于作者和他的妻子来说仿佛都变成了孤独的苦行。

在东车站的长廊下和女人分开以后，自家又剩了孤伶仃的一个。频年漂泊惯的两口儿，这一回的离散，倒也算不得什么特别，可是端午节那天，龙儿刚死，到这时候北京城里虽已起了秋风，但是计算起来，去儿子的死期，究竟还只有一百来天。在车座里，稍稍把意识恢复转来的时候，自家就想起了卢梭晚年的作品《一个孤独散步者的遐想》头上的几句话：

> 自家除了己身以外，已经没有弟兄，没有邻人，没有朋友，没有社会了。自家在这世上，像这样的，已经成了一个孤独者了……

然而当年的卢梭还有弃养在孤儿院内的五个儿子，而我自己哩，连一个抚育到五岁的儿子都还抓不住！

离家的远别，本来也只为想养活妻儿。去年在某大学的被逐，是万料不到的事情。其后兵乱迭起，交通阻绝，当寒冬的十月，会病倒在沪上，也是谁也料想不到的。今年二月，好容易到得南方，静息了一年之半，谁知这刚养得出趣的龙儿又会遭此凶疾呢？

龙儿的病报，本是在广州得着，匆促北航，到了上海，接连接了几个北京来的电报。换船到天津，已经是旧历的五月初十。到家之夜，一见了门上的白纸条儿，心里已经跳得忙乱，从苍茫的暮色里赶到哥哥家中，见了衰病的她，因为在大众之前，勉强将感情压住。草草吃了夜饭，上床就寝，把电灯一灭，两人只有紧抱地痛哭，痛哭，痛哭，只是痛哭，气也换不过来，更哪里有说一句话的余裕？

受苦的时间，的确脱煞过去的太悠徐，今年的夏季，只是悲叹的连续。晚上上床，两口儿，哪敢提一句话？可怜这两个迷散的灵心，在电灯灭黑的黝暗里，所摸走的荒路，每会凑集在一条线上，这路的交叉点里，只有一块小小的墓碑，墓碑上只有"龙儿之墓"的四个红字。

妻儿因为在浙江老家内不能和母亲同住，不得已而搬往北京当时我在寄食的哥哥家去，是去年的四月中旬。那时候龙儿正长得肥满可爱，一举一动，处处教人欢喜。到了五月初，从某地回京，觉得哥哥家太狭小，就在什刹海的北岸，租定了一间渺小的住宅。夫妻两个日日和龙儿伴乐，闲时也常在北海的荷花深处，及门前的杨柳荫中带龙儿去走走。这一年的暑假，总算过得最快乐，最闲适。

秋风吹叶落的时候，别了龙儿和女人，再上某地大学去为朋友帮忙，当时他们俩还往西车站去送我来哩！这是去年秋晚的事情，想起来还同昨日的情形一样。

过了一月，某地的学校里发生事情，又回京了一次，在什刹海小住了两星期，本来打算不再出京了，然碍于朋友的面子，又不得不于一天寒风刺骨的黄昏，上西车站去乘车。这时候因为怕龙儿要哭，自己和女人，吃过晚饭，便只说要往哥哥

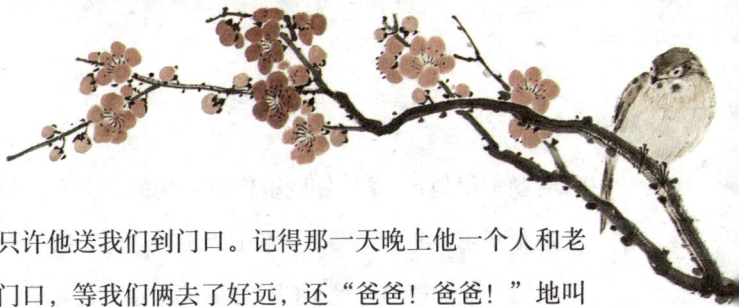

家里去，只许他送我们到门口。记得那一天晚上他一个人和老妈子立在门口，等我们俩去了好远，还"爸爸！爸爸！"地叫了好几声。啊啊，这几声的呼唤，是我在这世上听到的他叫我的最后的声音！

出京之后，到某地住了一宵，就匆促逃往上海。接续便染了病，遇了强盗辈的争夺政权，其后赴南方暂住，一直到今年的五月，才返北京。

想起来，龙儿实在是一个填债的儿子，是当乱离困厄的这几年中间，特来安慰我和他娘的愁闷的使者！

自从他在安庆生落以来，我自己没有一天脱离过苦闷，没有一处安住到五个月以上。我的女人，也和我分担着十字架的重负，只是东西南北地奔波漂泊。然当日夜难安，悲苦得不了的时候，只教他的笑脸一开，女人和我，就可以把一切穷愁丢在脑后。而今年五月初十待我赶到北京的时候，他的尸体，早已在妙光阁的广谊园地下躺着了。

他的病，说是脑膜炎。自从得病之日起，一直到旧历端午节的午时绝命的时候止，中间经过有一个多月的光景。平时被我们宠坏了的他，听说此番病里，却乖顺得非常。叫他吃药，他就大口地吃，叫他用冰枕，他就很柔顺地躺上。病后还能说话的时候，只问他的娘"爸爸几时回来？""爸爸在上海为我定做的小皮鞋，已经做好了没有？"我的女人，于惑乱之余，每幽幽地问他:"龙!你晓得你这一场病,会不会死的?"他老是很不愿意地回答说:"哪儿会死的哩?"据女人含泪地告诉我说,他的谈吐,绝不似一个五岁的小儿。

未病之前一个月的时候,有一天午后他在门口玩耍,看见西面来了一乘马车,马车里坐着一个戴灰白帽子的青年。他远远看见,就急忙丢下了伴侣,跑进屋里去叫他娘出来,说:"爸爸回来了,爸爸回来了!"因为我去年离京时所戴的,是一样的一顶白灰呢帽。他娘跟他出来到门前,马车已经过去了,他就死劲地拉住了他娘,哭喊着说:"爸爸怎么不家来吓?爸爸怎么不家来吓?"他娘说慰了半天,他还尽是哭着,这也是他娘含泪和我说的。现在回想起来,自己实在不该抛弃了他们,一个人在外面流荡,致使他那小小的灵心,常有这望远思亲的伤痛。

去年六月,搬往什刹海之后,有一次我们在堤上散步,因为他看见了人家的汽车,硬是哭着要坐,被我痛打了一顿。又有一次,也是因为要穿洋服,受了我的毒打。这实在只能怪我做父亲的没有能力,不能做洋服给他穿,雇汽车给他坐。早知他要这样地早死,我就是典当抢劫,也应该去弄一点钱来,满足他这点点无邪的欲望。到现在追想起来,实在觉得对他不起,实在是我太无容人之量了。

我女人说,濒死的前五天,在病院里,他连叫了几夜的爸爸!她问他:"叫爸爸干什么?"他又不响了,停一会儿,就又再叫起来。到了旧历五月初三日，他已入了昏迷状态，医师替他抽骨髓，他只会直叫一声："干吗？"喉头的气管，咯咯在抽咽，眼睛只往上吊送，口头流些白沫，然而一口气总不肯断。他娘哭叫几声："龙！龙！"他的小眼角上，就会迸流些眼泪出来，后来他娘看他苦得难过，倒对他说：

"龙！你若是没有命的，就好好地去吧！你是不是想等爸爸回来？就是你爸爸回来，也不过是这样的替你医治罢了。龙！你有什么不了的心愿呢？龙！与其这样的抽咽受苦，你还不如快快地去吧！"

他听了这一段话，眼角上的眼泪，更是涌流得厉害。到了旧历端午节的午时，他竟等不着我的回来，终于断气了。

丧葬之后，女人搬往哥哥家里，暂住了几天。我于五月十日晚上，下车赶到什刹海的寓宅，打门打了半天，没有应声，后来抬头一看，才见了一张告示邮差送信的白纸条。

自从龙儿生病以后，连日连夜看护久已倦了的她，又哪里经得起最后的这一个打击？自己当到京之夜，见了她的衰容，见了她的泪眼，又哪里能够不痛哭呢！

在哥哥家里小住了两三天，我因为想追求龙儿生前的遗迹，一定要女人和我仍复搬回什刹海的住宅去住它一两个月。

搬回去那天，一进上屋的门，就见了一张被他玩破的今年正月里的花灯。听说这张花灯，是南城大姨妈送他的，因为他自家烧破了一个窟窿，他还哭过好几次来的。

其次，便是上房里砖上的几堆烧纸钱的痕迹！当他下殓烧时给他的。

院子里有一架葡萄，两棵枣树，去年采取葡萄枣子的时候，他站在树下，兜起了大褂，仰头在看树上的我。我摘取一颗，丢入了他的大褂兜里，他的哄笑声，要继续到三五分钟。今年这两棵枣树，结满了青青的枣子，风起的半夜里，老有熟极的枣子辞枝自落。女人和我，睡在床上，有时候且哭且谈，总要到更深人静，方能入睡。在这样的幽幽的谈话中间，最怕听的，就是这滴答的坠枣之声。

到京的第二日，和女人去看他的坟墓。先在一家南纸铺里买了许多冥府的钞票，预备去烧送给他。直到了妙光阁的广谊园茔地门前，她方从呜咽里清醒过来，说："这是钞票，他一个小孩如何用得呢？"就又回车转来，到琉璃厂去买了些有孔的纸钱。她在坟前哭了一阵，把纸钱钞票烧化的时候，却叫着说：

"龙！这一堆是钞票，你收在那里，待长大了的时候再用，要买什么，你先拿这一堆钱去用吧！"

这一天在他的坟上坐着，我们直到午后七点，太阳平西的时候，才回家来。临走的时候，他娘还哭叫着说：

"龙！龙！你一个人在这里不怕冷静的吗？龙！龙！人家若来欺你，你晚上来告诉娘吧！你怎么不想回来了呢？你怎么梦也不来托一个呢？"

箱子里，还有许多散放着的他的小衣服。今年北京的天气，到七月中旬，已经是很冷了。当微凉的早晚，我们俩都想换上几件夹衣，然而因为怕见到他旧时的夹衣袍袜，我们俩却尽是一天一天地挨着，谁也不说出口来，说"要换上件夹衫"。

有一次和女人在那里睡午觉，她骤然从床上坐了起来，鞋也不拖，光着袜子，跑上了上房起坐室里，并且更掀帘跑上外面院子里去。我也莫名其妙跟着她跑到外面的时候，只见她在那里四面找寻什么，找寻不着，呆立了一会，她忽然放声哭了起来，并且抱住了我急急地追问说："你听不听见？你听不听见？"哭完之后，她才告诉我说，在半醒半睡的中间，她听见"娘！娘！"地叫了两声，的确是龙的声音，她很坚定地说："的确是龙回来了。"

北京的朋友亲戚，为安慰我们起见，今年夏天常请我们俩去吃饭听戏，她老不愿意和我同去，因为去年的六月，我们无论上哪里去玩，龙儿是常和我们在一处的。

今年的一个暑假，就是这样的，在悲叹和幻梦的中间消逝了。

这一回南方来催我就道的信，过于匆促，出发之前，我觉得还有一件大事情没有做了。

中秋节前新搬了家，为修理房屋，部署杂事，就忙了一个星期。出发之前，又因了种种琐事，不能抽出空来，再上龙儿的墓地里去探望一回。女人上东车站来送我上车的时候，我心里尽酸一阵痛一阵地在回念这一件恨事。有好几次想和她说出来，教她于两三日后再往妙光阁去探望一趟，但见了她的憔悴尽的颜色和苦忍住的凄楚，又终于一句话也没有讲成。

现在去北京远了，去龙儿更远了，自家只一个人，只是孤伶仃的一个人。在这里继续此生中大约是完不了的漂泊。

一九二六年十月五日在上海旅馆内

读 与 思

　　世界上最悲痛的事莫过于生离死别，而如果心中对那个离去的人有愧的话，这种悲痛便又更深了几分，因为这一辈子再也无法弥补了，正如郁达夫再也无法满足儿子穿一次洋服、坐一次汽车的心愿一样。

住所的话

导读提示

　　文章题为《住所的话》，却由"游旅"和"定居"两个部分组成。文章中也隐含郁达夫一贯的忧郁、失意的情绪。作者先宕开一笔，追忆年轻时候爱"游旅"的岁月，将山川风物、孤身羁旅、农居野趣、文人雅事兼而用之，看似与"定居"矛盾，实则一方面传达心境的转换，另一方面这些描写也表现了作者孤高、清绝的士人品格，这与后文作者对于住所选址、设计与偏好的描写是圆浑而统一的。"游旅"和"定居"中的"变"与"不变"都因此变得自然而水到渠成。

　　自以为青山到处可埋骨的漂泊惯的流人，一到了中年，也颇以没有一个归宿为可虑；近来常常有求田问舍之心，在看书倦了之后，或夜半醒来，第二次再睡不着的枕上。

　　尤其是春雨萧条的暮春，或风吹枯木的秋晚，看看天空，每会作赏雨茅屋及江南黄叶村舍的梦想；游子思乡，飞鸿倦旅，把人一年年弄得意气消沉的这时间的威力，实在是可怕，实在是可恨。

从前很喜欢旅行，并且特别喜欢向没有火车飞机轮船等近代交通利器的偏僻地方去旅行。一步一步地缓步着，向四面绝对不曾见过的山川风物回视着，一刻有一刻的变化，一步有一步的境界。到了地旷人稀的地方，你更可以高歌低唱，袒裼裸裎，把社会上的虚伪的礼节、谨严的态度，一齐洗去。人与自然，合而为一，大地高天，形成屋宇。蠓蠓蚁虱，不觉其微，五岳昆仑，也不见其大。偶或遇见些茅篷泥壁的人家，遇见些性情纯朴的农牧，听他们谈些极不相干的私事，更可以和他们一道的悲，一道的喜。半岁的鸡娘，新生一蛋，其乐也融融，与国王年老，诞生独子时的欢喜，并无什么分别。黄牛吃草，嚼断了麦穗数茎，今年的收获，怕要减去一勺，其悲也戚戚，与国破家亡的流离惨苦，相差也不十分远。

至于有山有水的地方呢，看看云容岩影的变化，听听大浪啮矶的音乐，应临流垂钓，或松下息荫。行旅者的乐趣，更加可以多得如放翁的入蜀道，刘阮的上天台。

这一种好游旅、喜漂泊的情性，近年来渐渐地减了；连有必要的事情，非得上北平上海去一次不可的时候，都一天天地拖延下去，只想不改常态，在家吃点精致的菜，喝点芳醇的酒，睡睡午觉，看看闲书，不愿意将行动和平时有所移易；总之是懒得动。

而每次喝酒，每次独坐的时候，只在想着计划着的，却是一间洁净的小小的住宅和这住宅周围的点缀与铺陈。

若要住家，第一的先决问题，自然是乡村与城市的选择。以清静来说，当然是乡村生活比较得和我更为适合。可是把文明利器——如电灯自来水等——的供给，家人买菜购物的便利，以及小孩的教育问题等合计起来，却又觉得住城市是必要的了。具城市之外形，而又富有乡村的景象之田园都市，在中国原也很多。北方如北平，就是一个理想的都城；南方则未建都前之南京，濒海的福州等处，也是住家的好地。可是乡土的观念，附着在一个人的脑里，同毛发的生于皮肤一样，丛长着原没有什么不对，全脱了却也是有点儿不可能。所以三年之前，也是在一个春雨霏微的节季，终于听了霞的劝告，搬上杭州来住下了。

杭州这一个地方，有山有湖，还有文明的利器，儿童的学校，去上海也只有四个钟头的火车路程，住家原没有什么不合适。可是杭州一般的建筑物，实在太差，简直可以说没有一间合乎理想的住宅，旧式的房子呢，往往没有院子，顶多顶多也不过有一堆不大有意义的假山和一条其实是只能产生蚊子的鱼池。所谓新式的房子呢，更加恶劣了，完全是上海弄堂洋房的抄袭，冬天住住，还可以勉强，一到夏天，就热得比蒸笼还要难受。而大抵的杭州住宅，都没有浴室的设备，公共浴场呢，

又觉得不卫生而价贵。

所以自从迁到杭州来住后，对于住所的问题，更觉得切身地感到了。地皮不必太大，只教有半亩之宫，一亩之隙，就可以满足。房子亦不必太讲究，只须有一处可以登高望远的高楼，三间平屋就对。但是图书室、浴室、猫狗小舍、儿童游嬉之处、灶房，却不得不备。房子的四周，一定要有阔一点的回廊；房子的内部，更需要亮一点的光线。此外是四周的树木和院子里的草地了，草地中间的走路，总要用白沙来铺才好。四面若有邻舍的高墙，当然要种些爬山虎以掩去墙头，若系旷地，只须植一道矮矮的木栅，用黑色一涂就可以将就。门窗当一例以厚玻璃来做，屋瓦应先钉上铅皮，然后再覆以茅草。

照这样的一个计划来建筑房子，大约总要有二千元钱来买地皮，四千元钱来充建筑费，才有点儿希望。去年年底，在微醉之后，将这私愿对一位朋友说了一遍，今年他果然送给了我一块地，所以起楼台的基础，倒是有了。现在只在想筹出四千元钱的现款来建造那一所理想的住宅。胡思乱想的结果，在前两三个月里，竟发了疯，将烟钱酒钱省下了一半，去买了许多奖券；可是一回一回地买了几次，连末尾也不曾得过，而吃了坏烟坏酒的结果，身体却显然受了损害了。闲来无事，把这一番经过，对朋友一说，大家笑了一场之后，就都为我设计，说从前的人，曾经用过的最上妙法，是发自己的讣闻，其次是做寿，再其次是兜会。

可是为了一己的舒服，而累及亲戚朋友，也着实有点说不过去，近来心机一转，去买了些《芥子园》《三希堂》等画谱来，在开始学画了；原因是想靠了卖画，来造一所房子，万一画画，仍旧是不能吃饭，那么至少至少，我也可以画许多房子，挂在四壁，给我自己的想象以一顿醉饱，如饥者的画饼，旱天的画云霓。这一个计划，若不至于失败，我想在半年之后，总可以得到一点慰安。

读 与 思

作者用很大的篇幅描写了在定居选择城市时的内心活动。你心中认为作为定居之地的城市，哪些特征最重要？你心中最宜居的城市是哪里呢？请说明你的理由。

寒
潮

提示导读

    《寒潮》节选自郁达夫的小说《出奔》。《出奔》是郁达夫最后的一篇小说作品，故事讲述了大革命前后青年革命者钱时英面对地主的腐蚀坚定投身革命的经历。本文描写了钱时英和地主的女儿董婉珍在雪后山野中的约会。青年男女的暧昧在寒潮的背景里弥漫开来，为这份矛盾的、病态的恋情增加了悲剧的底色。作者笔下的雪后山景冷冽、空旷，男女主人公的感情与思想也出现多处的矛盾与冲突，虽然在描写恋情，却无时无刻不让人感到一种孤独和失望。这为之后二人的情感最终走向破裂的结局埋下了重要的伏笔。

    大雪后的横山一角，比平日更添了许多的妩媚。船靠岸这面沿江的那条小径，雪已经融化了大半了，但在道旁的隙地上，泥壁茅檐的草舍上，枯树枝上，都还铺盖着一阵残雪的晶皮。太阳打了斜，东首变成了山阴，半江江水，压印得紫里带黑，活像是水墨画成的中国画幅。钱时英搀扶着董婉珍，爬上了横山庙的石级，向兰溪市上的人家纵眺了一回，两人胸中各感到了一种不同的喜悦。

半城烟户，参差的屋瓦上，都还留有着几分未化的春雪；而环绕在这些市廛船只的高头，渺渺茫茫，照得人头脑一清的，却是那一弓蓝得同靛草花似的苍穹；更还有高戴着白帽的远近诸山，与突立在山岭水畔的那两座高塔，和回流在兰溪县城东西南三面的江水凑合在一道，很明晰地点出了这幅再丰华也没有的江南的雪景。

在董婉珍方面呢，觉得这一天大雪，是她得和钱股长结合的媒介；漫天匝地的白色，便是预示着他们能够白头到老的好兆头。父母的急难，自己的将来，现在的地位，都因钱时英的这一次俯首而解决了。在钱时英的一面呢，以为这发育健全的董婉珍，实在有点可怜，身体是那么结实，普通知识也相当具备的，所缺乏的，就是没有训练，只须有一个人能够好好地指导她，扶助她，那这一种女青年，正是革命前途所需要的人才。而在这一种正心诚意的思想的阴面，他的枯燥的宿舍生活，他的二十五岁的男性的渴求，当然也在那里发生牵引。

面前是这样的一片大自然的烟景，身旁又是那么纯洁热烈的一颗少女求爱的心，钱时英看看周围，看看董婉珍的那一种完全只顾目前的快乐，并无半点将来的忧虑的幼稚状态，自然

把刚才船里所感到的那层懊恨之情，一笔勾了。

两人凭着石栏，向兰溪市上，这里那里地指点了一阵，忽而将目光一转，变成了一个对看的局势。董婉珍羞红了脸，虽在笑着侧转了头，但眼睛斜处，片刻不离的，仍是对钱时英的全身的打量和他的面部的谛视。钱时英只微笑着默默地在细看她的上下，仿佛她和他还是初次见面的样子。第二次四目遇合的时候，钱时英觉得非说话不可了，就笑着问她：

"你还有勇气再爬上山顶上去吗？"

"你若要去，我便什么地方也跟了你去。"

"好吧，让我们来比比脚力看。"

先上庙里向守庙的一位老道问明了上兰阴寺去的路径，他们就从侧面的一条斜坡山路走上了山。斜坡上的雪，经午前的太阳一晒，差不多融化净了，但看去似乎不大黏湿的黄泥窄路，走起来却真不容易。董婉珍经过了两次滑跌，随后终于将弹簧似的身体，靠上了钱时英的怀里，慢慢地谈着走着，走上那座三角形的横山东顶的时候，他们的谈话，也恰巧谈到了他们两人的以后的大计。

"今天的我们的这一个秘密，只能暂时不公布出来。第一总得先把那条董村的决议案办了才行，徇私舞弊，不是我们革命的人所应做的事情。你们家里的田产之类，确有霸占的证据的，当然要发还一部分给原有的人，还有一层，他们既经指控了你们父女的蒙蔽党部，你自然要自动辞职，暂时避去嫌疑，等我们把这一件案子办了之后，再来服务不迟……我的今天的约你出来，本意就为了此。可是，可是，现在成了这样的一个结局，事情倒反而弄僵了；我打算将这儿的党务划出了一个规划之后，就和你离开此地，免得受人家的指摘。你今天回去，请你先把这一层意思对你二老说一说明白，等案件办了之后，我们再来提议婚事……"

董婉珍听了他这一番劝告，心里却微微地感到了一点失望。明天假使马上就辞了职，那以后见面的机会不就少了吗！父母的事情，财产的发落，原是重大的，可是和那些青年男子在一道厮混的那种气氛，早出晚归，从街上走过，受人侧目注意的那种私心的满足，还有最觉得不可缺的一件大事，就是这一位看去如磐石似的钱股长的爱抚，她现在正在想恣意饱受的当儿，若一辞了职，却向哪里去求，哪里去得呢！

钱时英看到了她的略带忧郁的表情，心里当然也猜出了她的意思，所以又只能补充着说：

"做事情要顾虑着将来的，仅贪爱一时的安逸，没入于一时的忘我，把将来的大事搁置在一边，是最不革命的行为。你已经不是小孩子了，这一层总该看得穿。"

一次强烈的拥抱，一个火热的深吻，终于驱散了董婉珍脸上的愁云。他们走到了兰阴寺前，看到了衢江江上的斜阳，西面田野里的积雪和远近的树林村落上的炊烟，晓得这一天，日子已经垂暮，是不得不下山回去的时候了。两人更依偎着，微笑着，贪看了一会儿华美到绝顶的兰阴山下大雪初晴的江村暮景，就从西头的那条山腰大道，跑下了山来。

从横山回头的这一天晚上，却轮着钱时英睡不着觉了，和昨天晚上的董婉珍一样，他想起了在广州的时候，和他同时受训练的那位女同志黄烈。他和她虽然没有什么恋情爱意，但互相认识了一年多，经过了几次共同的患难，才知道两人的思想、行动以及将来的志愿，都是一样的。看到了董婉珍之后，再回想起黄烈来，更觉得一个是有独立人格的女同志，一个是只具有着生理机构的异性，离开了现实的那一重欲情的关，把头脑冷静下来一比较，一思索，他在白天曾经感到过的那层后悔，又渐渐地渐渐地昂起了头来。

婚姻，终究是一生所免不了的事情；可惜在广州时的生活气氛太紧张了，所以他对黄烈，终于只维持了一种同志之爱，没有把这爱发展开去的机会。但当她要跟了北伐军向湖南出发的前几天，他在有一次饯别的夜宴之后，送她回宿舍去的路上，曾听出了她的说话的声音的异样，她说：

"钱同志！我们从事于革命的人，本来是不应该有这些临行惜别的感情的，可是不晓怎么，这几天来，频频受了你们诸位留在广州的同志的饯送，我倒反而变得感情脆弱起来了，昨晚上我就失眠了半夜。你有没有什么可以使我振作的信条、言语，或者竟能充作互勉互励的戒律之类？"

现在在回忆里，重想起了这一晚的情景，他倒觉得历历地反听到了她的微颤着的尾音。可惜当时他也正在计划着跟东路军出发，没有想到其他的事情的余裕，只说了一句那时候谁也在说的豪语："大家振作起精神，等我们会师武汉吧！"终于只热烈地握了一回手，就在宿舍门口的夜色里和她分开了。以后过了几天，他只在车站上送他们出发的时候，于乱杂的人丛中见了她一次面。

一个男子滥于爱人，原是这人的不幸；然而老受人爱，而自己没有十分的准备，也是一件麻烦的事情。现在到了这一个既被人爱，而又不得不接受的关头，他觉得更加为难了；对于董婉珍的这件事情，究竟将如何地应付呢？要逃，当然也还逃得掉；同志中间，对于恋爱，抱积极的儿戏观念，并且身在实行的男女，原也很多，不过他的思想，他的毅力，却还没有前

进到这一个地步；而同时董婉珍，也绝不是这一种恋爱的对手人。她实在还是幼稚得很的一个初到人生路上来学习冒险的人，将来的变好变坏，或者成人成兽，全要看她这第一次的经验的反应如何，才能够决定。

"也罢！还是忍一点牺牲的痛吧！将一个可与为善、可与为恶的庸人，造成一个能为社会服务致用的斗士，也是革命者所应尽的义务；<u>既然第一脚跨出了之后，第二脚自然也只得连带着伸展出去。更何况前面的去路，也还不一定是陷人的泥水深潭哩</u>！"

想来想去，想到了最后，还是只有这一条出路。翻身侧向了里床，他正想凝神定气，安睡一忽的时候，大云山脚下的民众养在那里的雄鸡，早在作第一次催晓的长啼了。

读·与·思

　　文学作品中，景物描写往往和人的情感相互映衬，因此有"以乐景衬哀情"或"情景交融"等的写法。试着创作一段文字，<u>主人公的心情和文中的景物描写具备某种关联性</u>，并通过景物描写更好地传达文章的思想感情。

血泪（节选）

导读提示

郁达夫主张"文学作品，都是作家的自叙传"，小说《血泪》也融入了他个人一定的生活经历和情感历程，直抒胸臆。在节选的这部分文章中，作者用细腻的笔触，勾勒出三位迥异的文人形象——美少年、"基而特社会主义者"陈君，面色黝黑的人道主义者胡君以及追求"人生的艺术"的、驼背的青年江君。三个人的外貌、神情、语言各自鲜明，而"我"作为一个旁观者，只是对于他们的争论间或给出内心的思考，并不与之争论。作者内心的褒贬就在这种沉默和结尾的简单感慨中呈现出来了。

第二年的秋天，我又回到北京长兄家里去住了三个月。那时候，我有一个同乡在大学里念书。有一天一次我在S公寓的同乡那里遇着了两位我同乡的同学，他们问了我的姓名，就各人送了我一个名片：一位姓陈的是一个十八九岁的美少年，他的名片的姓名上刻着"基而特社会主义者""消费合作团副团长""大学雄辩会干事""经济科学生"的四行小字；一位姓胡的是江西人，大约有三十岁内外的光景，面色黝黑，身体粗大得很，他的名片上只刻有"人道主义者""大学文科学生"的两个衔头。

他们开口就问我说：

"足下是什么主义？"

我因为看见他们好像是很有主张的样子，所以不敢回答，只笑了一笑说：

"我还在念书，没有研究过各种主义的得失，所以现在不能说是赞成哪一种主义反对哪一种主义的。"

江西的胡君就认真地对我说：

"那怎么使得呢！你应该知道，现在中国的读书人，若没有什么主义，便是最可羞的事情。我们的同学，差不多都是有主义的。你若不以我为僭越，我就替你介绍一个主义吧。现在有一种世界主义出来了。这一种主义到中国未久，你若奉了它，将来必有好处。"

那美少年的陈君却笑着责备姓胡的说：

"主义要自家选择的，大凡我们选一种主义的时候，总要把我们的环境和将来的利益仔细研究一下才行。考察不周到的时候，有时你以为这种主义一定会流行的，才去用它。后来局

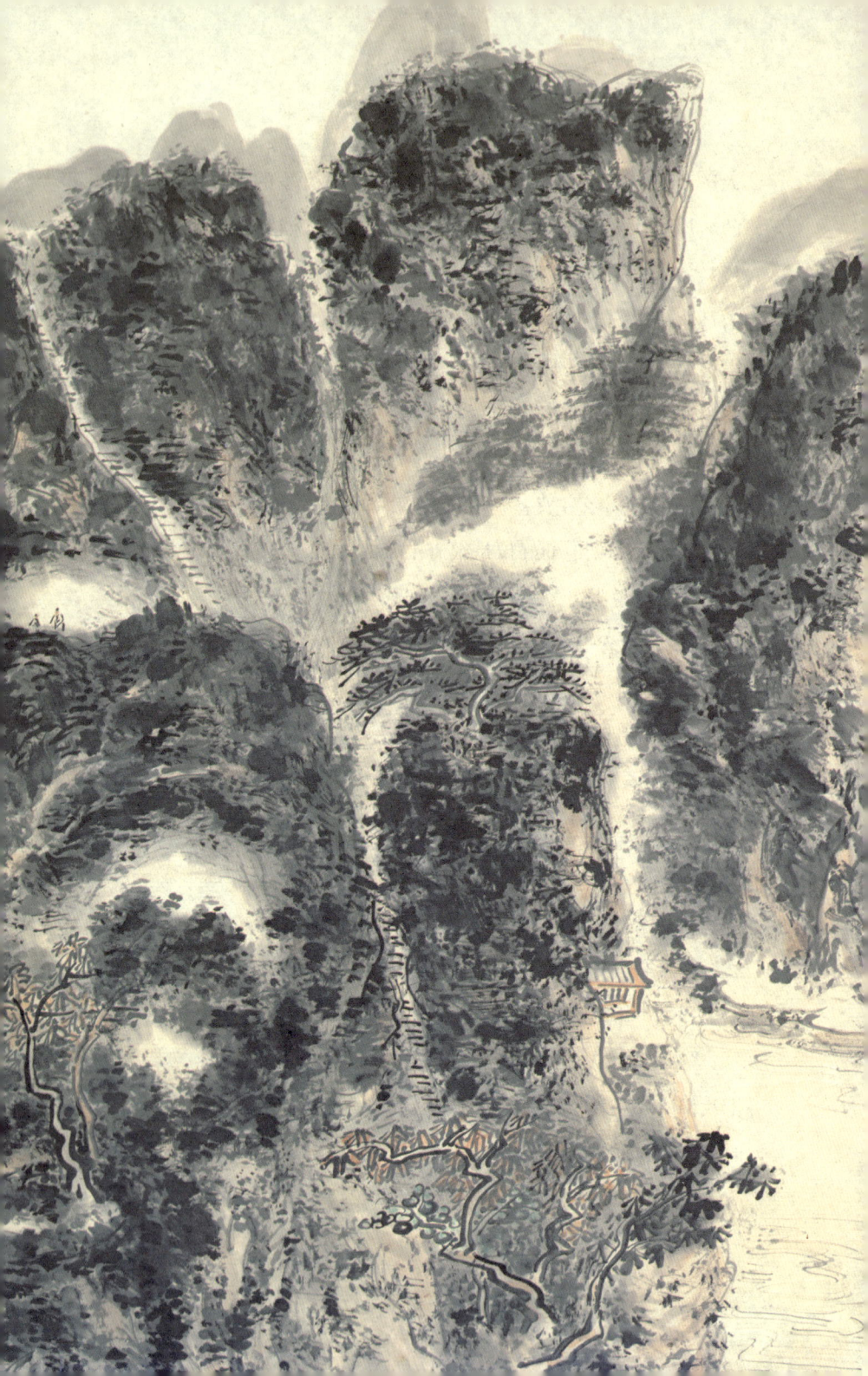

面一变，你反不得不吃那主义的亏。所以到了那时候，那主义若是你自家选的呢，就同哑子吃黄连一样，自打自的嘴巴罢了，若是人家劝你选的呢，那你就不得不大抱怨于那劝你选的人。所以代人选择主义是很危险的。"

我听了陈君的话，心里感佩得很，以为像那样年轻的人，竟能讲出这样老成的话来。我呆了一会，心里又觉得喜欢，又觉得悲哀。喜欢的就是目下中国也有这样有学问有见识的青年了；一边我想到自家的身上，就不得不感着一种绝大的悲哀：

"我在外国图书馆里同坐牢似的坐了六七年，到如今究竟有一点什么学问？"

我正呆呆地坐在那里看陈君的又红又白的面庞，门口忽又进来了一位驼背的青年。他的面色青得同菜叶一样，又瘦又矮的他的身材，使人看不出他的年龄来。青黄的脸上架着一双铁边的近视眼镜。大约是他的一种怪习惯，看人的时候，每不正视，不是斜了眼睛看时，便把他的眼光跳出在那又细又黑的眼镜圈外来偷看。我被他那么看了一眼，胸中觉得一跳，因为他那眼镜圈外的眼光好像在说：

"你这位青年是没有主义的吗？那真可怜呀！"

我的同乡替我们介绍之后，他又对我斜视了一眼，才从他那青灰布的长衫里摸了一张名片出来。我接过来一看，上边写着"人生艺术主唱者江涛，浙江"的几个字，我见了"浙江"两字，就感觉着一种亲热的乡情，便问他说：

"江先生也是在大学文科里念书的吗？"他又斜视了我一眼，放着他那同猫叫似的喉音说：

"是的是的，我们中国的新文学太不行了。我今天《晨报》上的一篇论文你看见了吗？现在我们非要讲为人生的艺术不可。非要和劳动者贫民表同情不可。他们西洋人在提倡第四阶级的文学，我们若不提倡第五第六阶级的文学，怎么能赶得他们上呢？况且现在中国的青年都在要求有血有泪的文学，我们若不提倡人生的艺术，怕一般青年就要骂我们了。"

江君讲到这里，胡君光着两眼，带了怒，放大了他那洪钟似的声音叱着说：

"江涛，你那人生艺术，本来是隶属于我的人道主义的。为人生的艺术是人道主义流露在艺术方面的一端。你讲话的时候绝不提起你的主义的父祖，专在那些小问题上立论，我是非常反对的，并且你那名片上也不应该只刻人生艺术那几个字，因为人生艺术，还没有成一种主义，你知道吗？你在名片上无论如何，非要刻人道主义者不可，你立刻去改正了吧！"

胡君江君争论了两个钟头，还没有解决，我看看太阳已经下山了，再迟留一刻，怕在路上要中了秋寒，所以就一个人走了。我走到门口的时候，听见屋里争执的声音更高了起来，本来是胆子很小，并且又非常爱和平的我，一边在灰土很深的日暮的街上走回家来，一边却在心里祝祷着说：

"可敬可爱的诸位主义的斗将呀，愿你们能保持和平，尊重人格，不至相打起来。"

一九二二年八月四日于上海

读 与 思

　　在相似的人中写出不同，非常考验作者的文字功力。本部分节选中，三个年轻文人"陈君""胡君""江君"虽然身份类似，却在人生观点上大相径庭。作者敏锐地把握住这一区别所导致的性格、言语、行为之间的差异，使人物形象的区分度大大提升。请选择你感兴趣的一类群体，尝试在"群像"中写出个性鲜明的2~3个"个体形象"。

春潮（节选）

❖❖❖

　　《春潮》是郁达夫早期的小说作品之一，讲述了江南乡村里一对青梅竹马的爱情故事。本部分节选，描述的是男女主人公童稚时"敲磨圆石子"的一个小片段。文中的景物描写正如题目一样，处处洋溢着春天的生气与美好。镜头仿佛从远处推过来，映入读者眼帘的首先是春天乡村的全景，山色、水光、树影、蓝苍色的天空、和丽的阳光；镜头继续推进，故事里的农家和沙滩徐徐展现在眼前，为春日的风景增添了活力。故事围绕着小男女主人公争抢"圆石子"展开，又以温情和体贴的"和好"结尾。"清沧的钱塘江水，反映着阳光和天宇，起起深红的微波来，好像在那里笑他们两个似的"，结尾又将视角拉远，使整体叙事更添柔情与暖意。

三月中旬一天的午后，和丽的阳光，同爱人的微笑似的，洒满在一处静僻的乡村里，这乡村的前面，流着清沧的钱塘江水，后面有无数的青山，纵横错落地排列在蓝苍的天空里。三五家茅檐泥壁的农家，夹了一条如发的官道，散点在山腰水畔。农家的前后四周，各有几弓空地围着，空地里的杂树，系桑柘之类，地上横着的矮小的树影，有二三尺长。大约已经是午后三点钟了，几声鸡叫的声音，破了静寂的空气，传到江水的边上来。一家农家，靠着江边的高岸。从这农家的门前，穿过一条在花坛里躺着的曲径，就是走下江水边上去的一条有阶段的斜路。这斜路的阶段，并非用石子砌成，不过在泥沙的高岸中，用了铁耙开辟出来的。走下了这泥路的十一二级的阶段，便是贴水的沙滩。沙滩上有许多乱石蚌壳，夹在黄沙青土的中间。日夕的细浪狂潮，把水边的沙石蚌壳，洗涤得明净可爱，一个个在那里反射七色的分光。

在这沙滩的乱石中间，拖着两个小小的影儿，有两个七八岁的小孩，在那里敲磨圆石子。几声鸡叫的声音，传到江水边上的时候，一个蹲近水边的小孩子，仰起头来向高岸上看了一眼。他的小小的头上养着一个罗汉圈。额下的两只眼睛，大得非常，从这两只大眼睛里放出来的黑晶晶的眼光，足以使我们大人惭愧俯首，因为他的这两只眼睛，并不知道社会是怎么的，人与人的纠葛是怎么的，人间的罪恶是怎么的。一个狮子鼻，横在他的红黑的两颊中间。上翻下翘的两条嘴唇的曲线，又添了他一层可爱的样子。一排细密的牙齿，微微地露现在嘴唇中间。他穿的是一件青花布衫。从远处看去，他和他旁边蹲着的那女孩子，并无分别，身上穿的青花布衫，身材的长短，全是一样的。但是从他们的前面看来，罗汉圈和丫角不同，红黑的脸色和细白的肉色不同，他的扁圆的面形同她的长方的相貌不同。她虽则也有黑晶晶的两只大眼睛，但她那一副常在微笑的脸色却和他那威猛的面貌大有不同的地方。她比他早生一个月，但是她总叫他"三哥"的，他回头向高岸上一看，看见一只美丽的雄鸡，呆呆地立在桑树的阴影里，他就叫她说：

"秋英！你们的那只雄鸡立在那里。嫚母说，这是给我的，真的吗！"

"不给你的，我们家里有六只鸡娘，要它生蛋哩！"

"你别太小气了，雄鸡又不会生蛋的，要它做什么？不如给了我的好，年底下就好杀到来吃。"

"你只想吃的，没有这雄鸡，鸡娘怎么生蛋呢？"

"你怎么会这样的小气，不肯给我就罢了；我们的谷也不巢给你们了，你把圆石子还我，不要你磨了。"

"给你……给你……给你……"

"不要不要。你快把圆石子还我！"

"……"

他把秋英手里在那里替他磨的圆石子夺了去之后，秋英就伏在他那小小的手臂上哭了起来。他一声也不响，呆呆地把秋英的身体抱住了。秋英的一声一声的悲泣，与悲泣同时起来的一次一次的身体的微颤，都好像是传到他自家的心里去了的样子。他掉了两颗眼泪，呆呆地立了一忽，看看秋英的气也过了，便柔柔和和地对她说：

"这几颗圆石子都给了你吧。"

一边这样说，一边他那粗圆的小手，便捏了一把圆石子递给秋英。秋英还是哭得不已，用了右手揩着眼泪，伸着左手去接他交来的圆石子去。他因为秋英那只小手一时拿不起许多圆石子，所以就用了两手去帮她。秋英揩干了眼泪，向他的捧住的两手看了一眼，就对他笑了起来。太阳斜到西面去了。天空的颜色，又深了一层，变成了一种紫蓝色。清沧的钱塘江水，反映着阳光和天宇，起起深红的微波来，好像在那里笑他们两个似的。

读 与 思

　　在郁达夫笔下，乡村的春天恬静、美丽且又生机勃勃。你是否曾经仔细观察过大自然的春天？春天里，哪些活动或者游玩曾令你印象深刻？试着将你印象中难忘的春天摹写出来。

采石矶（节选）

提示导读

《采石矶》是郁达夫早期创作的、以清代诗人黄仲则为主人公的郁达夫自叙传小说。一般认为，主人公黄仲则的形象颇有郁达夫的影子：孤高、愤世、失意、敏感，抱负难以施展等。小说中引用了大量的诗句来表达主人公的情感，在本节选中，《太白墓》就是这样一首精彩的抒情诗。主人公的落魄、失意与挚友的知心、感同身受在文中的对话中被细密地呈现出来，使主人公的人生经历和个人情感的悲剧色彩更加浓重，更使描写呈现出强烈的感染力。

四

他挨了饿，慢慢地朝着了斜阳走回来的时候，短促的秋日已经变成了苍茫的白夜。他一面赏玩着日暮的秋郊野景，一面

194

一句一句地尽在那里想诗。敲开了城门，在灯火零星的街上，走回学使衙门去的时候，他的吊李太白的诗也想完成了。

束发读君诗，今来展君墓。清风江上洒然来，我欲因之寄微慕。呜呼，有才如君不免死，我固知君死非死。长星落地三千年，此是昆明劫灰耳。高冠岌岌佩陆离，纵横学剑胸中奇，陶镕屈宋入大雅，挥洒日月成瑰词。当时有君无着处，即今遗躅犹相思。醒时兀兀醉千首，应是鸿蒙借君手，乾坤无事入怀抱，只有求仙与饮酒。一生低首唯宣城，墓门正对青山青。风流辉映今犹昔，更有灞桥驴背客（贾岛墓亦在侧），此间地下真可观，怪底江山总生色。江山终古月明里，醉魄沉沉呼不起，锦袍画舫寂无人，隐隐歌声绕江水，残膏剩粉洒六合，犹作人间万余子。与君同时杜拾遗，窆石却在潇湘湄，我昔南行曾访之，衡云惨惨通九嶷，即论身后归骨地，俾与诗境同分驰。终嫌此老太愤激，我所师者非公谁？人生百年要行乐，一日千杯苦不足，笑看樵牧语斜阳，死当埋我兹山麓。

仲则走到学使衙门里，只见正厅上灯烛辉煌，好像是在那里张宴。他因为人已疲倦极了，所以便悄悄地回到了他住的寿春园的西室。命仆役搬了菜饭来，在灯下吃了一碗，洗完手面之后，他就想上床去睡。这时候稚存却青了脸，张了鼻孔，做了悲寂的形容，走进他的房来了。

"仲则，你今天上什么地方去了？"

"我倦极了，我上李太白的坟前去了一次。"

"是谢公山吗？"

"是的，你的样子何以这样的枯寂，没有一点儿生气？"

"唉，仲则，我们没有一点小名气的人，简直还是不出外面来的好。啊啊，文人的卑污呀！"

"是怎么一回事？"

"昨晚上我不是对你说过了吗？那大考据家的事情。"

"哦，原来是戴东原到了。"

"仲则，我真佩服你昨晚上的议论。戴大家这一回出京来，拿了许多名人的荐状，本来是想到各处来弄几个钱的。今晚上竹君办酒替他接风，他在席上听了竹君夸奖你我的话，就冷笑了一脸说'华而不实'。仲则，叫我如何忍受下去呢！这样卑鄙的文人，这样的只知排斥异己的文人，我真想和他拼一条命。"

"竹君对他这话，也不说什么吗？"

"竹君自家也在著《十三经文字同异》，当然是与他志同道合的了。并且在盛名的前头，哪一个能不为所屈。啊啊，我恨不能变一个秦始皇，把这些卑鄙的伪儒，杀个干净。"

"伪儒另外还讲些什么？"

"他说你的诗他也见过，太少忠厚之气，并且典故用错的也着实不少。"

"混蛋，这样的胡说乱道，天下难道还有真是非吗？他住在什么地方？去去，我也去问他个明白。"

"仲则，且忍耐着吧，现在我们是闹他不赢的。如今世上盲人多，明眼人少，他们只有耳朵，没有眼睛，看不出究竟谁清谁浊，只信名气大的人是好的，不错的。我们且待百年后的人来判断吧！"

"但我总觉得忍耐不住，稚存，稚存。"

"……"

"稚存，我我……我想……想回家去了。"

"……"

"稚存，稚存，你……你……你怎么样？"

"仲则，你有钱在身边吗？"

"没有了。"

"我也没有了。没有川资，怎么回去呢？"

五

仲则的性格，本来是非常激烈的，对于戴东原的这辱骂自然是忍受不过去的，昨晚上和稚存两人默默地在房间里走来走去走了半夜，打算回常州去，又因为没有路费，不能回去。当半夜过了，学使衙门里的人都睡着之后，仲则和稚存还是默默地背着了手在房里走来走去地走。稚存看看灯下的仲则的清瘦的影子，想叫他睡了，但是看看他的水汪汪地注视着地板的那双眼睛和他的全身在微颤着的愤激的身体，却终说不出话来，所以稚存举起头来对仲则偷看了好几眼，依旧把头低下去了。到了天将亮的时候，他们两人的愤激已消散了好多，稚存就对仲则说：

"仲则，我们的真价，百年后总有知者，还是保重身体要紧。戴东原不是史官，他能改变百年后的历史吗？一时的胜利者未必是万世的胜利者，我们还该自重些。"

仲则听了这话，就举起他的一双水汪汪的眼睛，对稚存看了一眼。呆了一忽，他才对稚存说：

"稚存，我头痛得很。"

这样地讲了一句，仍复默默地俯了首，走来走去走了一会，他又对稚存说：

"稚存，我怕要病了。我今天走了一天，身体已经疲倦极了，回来又被那伪儒这样的辱骂一场，稚存，我若是死了，要你为我复仇的呀！"

"你又要说这些话了，我们以后还是务其大者远者，不要在那些小节上消磨我们的志气吧！我现在觉得戴东原那样的人，并不在我的眼中了。你且安睡吧。"

"你也去睡吧，时候已经不早了。"

　　稚存去后，仲则一个人还在房里俯了首走来走去地走了好久，后来他觉得实在是头痛不过了，才上床去睡。他从睡梦中哭醒来了好几次，到第二天中午，稚存进他房去看他的时候，他身上发热，两颊绯红，尽在那里讲谵语。稚存到他床边伸手到他头上去一摸，他忽然坐了起来问稚存说：

　　"京师诸名太史说我的诗怎么样？"

　　稚存含了眼泪勉强笑着说：

　　"他们都在称赞你，说你的才在渔洋之上。"

　　"在渔洋之上？ 呵呵，呵呵。"

　　稚存看了他这病状，就止不住地流下眼泪来。本想去通知学使朱筠河，但因为怕与戴东原遇见，所以只好不去。稚存用了湿毛巾把他头脑凉了一凉，他才睡了一忽。不上三十分钟，他又坐起来问稚存说：

　　"竹君，……竹君怎么不来？ 竹君怎么这几天没有到我房里来过？ 难道他果真信了他的话了吗？ 我要回去了，我要回去了，谁愿意住在这里！"

　　稚存听了这话，也觉得这几天竹君对他们确有些疏远的样子，他心里虽则也感到了非常的悲愤，但对仲则却只能装着笑容说：

　　"竹君刚才来过，他见你睡着在这里，教我不要惊醒你来，就悄悄地出去了。"

　　"竹君来过了吗？ 你怎么不讲？ 你怎么不叫他把那大盗赶

出去？"

　　稚存骗仲则睡着之后，自己也哭了一个爽快。夜阴侵入到仲则的房里来的时候，稚存也在仲则的床沿上睡着了。

读 与 思

　　　　前人的诗句、事迹往往被后世学子作为勉励自我的典故，以鼓励自己在各种环境中保持坚强进取的精神，实现人生价值。历史上有哪些诗人或者学者的事迹曾给予你勇气和力量，让你进取和探索？

离散之前
（节选）

导读提示

小说《离散之前》是对留日学生群体的描写，于质夫这一形象亦有很多郁达夫的影子在里面。小说中的这些同学都"好义轻财、倾心文艺"，然而现实却使他们失望，终于离散，各自回到故乡。本文中，于质夫在"离散之前"所思，从妻子儿女，到生计学问，逐一探问，却终归于失落。这种失落带来的痛苦，在篇章的结尾达到了顶峰："这一次的入睡，他若是不再醒转来，那是何等的幸福呀！"

曾、邝、于、霍四个人和邝的夫人小孩们，在那间屋里，吃了午膳之后，雨还是落个不住。于质夫因为渐冷了，身上没有夹袄夹衣，所以就走出了那间一楼一底的屋，冒雨回到他住的那发行业者的堆栈里来，想睡到棉被里去取热。这堆栈正同难民的避难所一样，近来住满了那发行业者的同乡。于质夫因为怕与那许多人见面谈话，所以一到堆栈，就从书堆里幽脚幽手地摸上了楼，脱了雨衣，倒在被窝里睡了。他的上床，本只为躲在棉被里取热的缘故，所以虽躺在被里，他终不能睡着。眼睛看了屋顶，耳朵听听窗外的秋雨，他的心里，尽在一阵阵地酸上来。他的思想，就飞来飞去地在空中飞舞：

"我的养在故乡的小孩！现在你该长得大些了吧。我的寄住在岳家的女人，你不在恨我吗？啊啊，真不愿意回到故乡去！但是这样的被人虐待，饿死在上海，也是不值得的。……"

风加紧了，灰腻的玻璃窗上横飘了一阵雨过来，质夫对窗上看了一眼，叹了一口气，仍复在继续他的默想：

"可怜的海如，你的儿子妻子如何的养呢？可怜的季生、斯敬，你们连儿女妻子都没有！啊啊！兼有你们两种可怜的，仍复是我自己。全家都在风声里，九月衣裳未剪裁……茫茫来日愁如海，寄语羲和快着鞭。……啊啊，黄仲则当时，还有一个毕秋帆，现在连半个毕秋帆也没有了！……今日爱才非昔日，莫抛心力作词人。……我去教书去吧！然而……教书的时候，也要卑鄙龌龊地去结成一党才行。我去拉车去吧！啊啊，这一双手，这一双只剩了一层皮一层骨头的手，哪里还拉得动呢？……咳咳，……咳咳。……咳咳咳咳嗳吓……"

他咳了一阵，头脑倒空了一空，几秒钟后，他听见楼下有几个人在说：

"楼上的那位于先生，怎么还不走？他走了，我们也好宽敞些！"

他听了这一句话，一个人的脸上红了起来。楼下讲话的几个发行业者的亲戚，好像以为他还没有回来，所以在那里直吐心腹，又谁知不幸的他，却听见了这几句私语。他想作掩耳盗铃之计，想避去这一种公然的侮辱，只好装了自己是不在楼上的样子。可怜他现在喉咙头虽则痒得非常，却不得不死劲地忍住不咳出来了。忍了几分钟，一次一次的咳嗽，都被他压了下去。然而最后的一阵咳嗽，无论如何，是压不下去了，反而同防水堤溃决了一样，他的屡次被压下去的咳嗽，一时发了出来。他大咳一场之后，面涨得通红，身体也觉得倦了。张着眼睛躺了一忽，他就沉沉地没入了睡乡。啊啊！这一次的入睡，他若是不再醒转来，那是何等的幸福呀！

读 与 思

本文很大的篇幅是于质夫大段的"默想"，这种主人公的独白将人物的情绪层层递进渲染、把小说逐渐推向高潮。请尝试进行一次"递进式"独白的创作，用这种方法增强文章的感染力。

银灰色的死（上）

导读提示

《银灰色的死》是郁达夫公开发表的第一篇白话小说。写作这篇小说时，郁达夫正在日本留学，因此有人将本文视为郁达夫的自我剖白。小说的主人公来自残缺的旧家庭，多病的妻子惨死，在东京求学的生涯也异常煎熬，他一度沉迷于声色享乐，在一个叫"静儿"的姑娘那里感受到温情与爱，但最终被弥漫于生活的死亡所俘获。孤寂飘零、唯美感伤的颓废主义色彩笼罩着全文。本文对于"他"处于新和旧、中和西两种文化之间的内心矛盾的描写极具现实性。作者用个人的悲剧展现整个时代同一类"颓败者"的命运，进而批判黑暗的社会。

雪后的东京，比平时更添了几分生气。从富士山顶上吹下来的微风，总凉不了满都男女的白热的心肠。一千九百二十年前，在伯利恒的天空游动的那颗明星出现的日期又快到了。街街巷巷的店铺，都装饰得同新郎新妇一样，竭力地想多吸收几个顾客，好添些年终的利泽。这正是贫儿富主，一样多忙的时候。这也是逐客离人，无穷伤感的时候。

在上野不忍池的近边，在一群乱杂的住屋的中间，有一间楼房，立在澄明的冬天的空气里。这一家人家，在这年终忙碌的时候，好像也没有什么生气似的。楼上的门窗，还紧紧地闭在那里。金黄的日球，离开了上野的丛林，已经高挂在海青色的天体中间，悠悠地在那里笑人间的多事了。

太阳的光线，从那紧闭的门缝中间，斜射到他的枕上的时候，他那一双同胡桃似的眼睛，就睁开了。他大约已经有二十四五岁的年纪。在黑漆漆的房内的光线里，他的脸色更加觉得灰白，从他面上左右高出的颧骨，同眼下的深深的眼窝看来，他确是一个清瘦的人。

他开了半只眼睛，看看桌上的钟，长短针正重垒在 × 字的上面。开了口，打了一个呵欠，他并不知道他自家是一个大悲剧的主人公，又仍旧嘶嘶地睡着了。半醒半觉地睡了一忽，听着间壁的挂钟打了十一点之后，他才跳出被来。胡乱地穿好了衣服，跑下了楼，洗了手面，他就套上了一双破皮鞋，跑出外面去了。

他近来的生活状态，比从前大有不同的地方。自从十月底到如今，两个月的中间，他总是每昼夜颠倒地要到各处酒馆里去喝酒。东京的酒馆，当炉的大约都是十七八岁的少妇。他虽然知道她们是想骗他的金钱，所以肯同他闹，同他玩的，然而一到了太阳西下的时候，他总不能在家里好好地住着。有时候他想改过这恶习惯来，故意到图书馆里去取他平时所爱读的书来看，然而到了上灯的时候，他的耳朵里，忽然会有各种悲凉的小曲儿的歌声听见起来。他的鼻孔里，会有脂粉、香油、油沸鱼肉、香烟醇酒的混合的香味到来。他的书的字里行间，忽然会跳出一个红白的脸色来。一双迷人的眼睛，一点一点地扩大起来了。同蔷薇花苞似的嘴唇，渐渐儿地开放起来，两颗笑靥，也看得出来了。洋磁似的一排牙齿，也看得出来了。他把眼睛一闭，他的面前，就有许多妙年的妇女坐在红灯的影里，微微地在那里笑着。也有斜视他的，也有点头的，也有把上下的衣服脱下来的，也有把雪样嫩的纤手伸给他的。到了那个时候，他总会不知不觉地跟了那只纤手跑去，同做梦的一样，走了出来。等到他的怀里有温软的肉体坐着的时候，他才知道他是已经不在图书馆内了。

昨天晚上，他也在这样的一家酒馆里坐到半夜过后一点钟的时候，才走出来，那时候他的神志已经不清了。在路上跌来跌去地走了一会，看看四周并不能看见一个人影，万户千门，都寂寂地闭在那里，只有一行参差不齐的门灯，黄黄地在街上投射出了几处朦胧的黑影。街心的两条电车的路线，在那里放磷火似的青光。他立住了足，靠着了大学的铁栏杆，仰起头来就看见了那十三夜的明月，同银盆似的浮在淡青色的空中。他再定睛向四面一看，才知道清静的电车线路上，电柱上，电线上，歪歪斜斜的人家的屋顶上，都洒满了同霜也似的月光。他觉得自家一个人孤冷得很，好像同遇着了风浪后的船夫，一个人在北极的雪世界里漂泊着的样子。背靠着了铁栏杆，他尽在那里看月亮。看了一会，他那一双衰弱得同老犬似的眼睛里，忽然滚下了两颗眼泪来。去年夏天，他结婚的时候的景象，同走马灯一样，旋转到他的眼前来了。

三面都是高低的山岭，一面宽广的空中，好像有江水的气味蒸发过来的样子。立在山中的平原里，向这空空荡荡的方面一望，人们便能生出一种灵异的感觉来，知道这天空的底下，就是江水了。在山坡的煞尾的地方，在平原的起头的区中，有几点人家，沿了一条同曲线似的清溪，散在疏林蔓草的中间。在一个多情多梦的夏天的深更里，因为天气热得很，他同他新婚的夫人，睡了一会，又从床上爬了起来，到朝溪的窗口去纳凉去。灯火已经吹灭了，月光从窗里射了进来。在藤椅上坐下之后，他看见月光射在他夫人的脸上。定睛一看，他觉得她的脸色，同大理白石的雕刻没有半点分别。看了一会，他心里害怕起来，就不知不觉地伸出了右手，摸上她的面上去。

"怎么你的面上会这样凉的？"

"轻些儿吧，快三更了，人家已经睡着在那里，别惊醒了他们。"

“我问你，唉，怎么你的面上会一点儿血气都没有的呢？”

“所以我总是要早死的呀！”

听了她这一句话，他觉得眼睛里一霎时地热了起来。不知是什么缘故，他就忽然伸了两手，把她紧紧地抱住了。他的嘴唇贴上她的面上的时候，他觉得她的眼睛里，也有两条同山泉似的眼泪在流下来。他们两人肉贴肉地泣了许久，他觉得胸中渐渐儿地舒爽起来了，望望窗外，远近都洒满了皎洁的月光。抬头看看天，苍苍的天空里，有一条薄薄的云影，浮漾在那里。

“你看那天河……”

“大约河边的那颗小小的星儿，就是我的星宿了。”

“什么星呀？”

“织女星。”

说到这里，他们就停着不说下去了。两人默默地坐了一会，他又眼看着那一颗小小的星，低声地对她说：

“我明年未必能回来，恐怕你要比那织女星更苦咧。”

他靠住了大学的铁栏杆，呆呆地尽在那里对了月光追想这些过去的情节。一想到最后的那一句话，他的眼泪更连连续续地流了下来。他的眼睛里，忽然看得见一条溪水来了。那一口朝溪的小窗，也映到了他的眼睛里来。沿窗摆着的一张漆的桌子，也映到了他的眼睛里来。桌上的一张半明不灭的洋灯，灯下坐着的一个二十岁前后的女子，那女子的苍白的脸色，一双迷人的大眼，小小的嘴唇的曲线，灰白的嘴唇，都映到了他的

眼睛里来。他再也支持不住了，摇了一摇头，便自言自语地说：

"她死了，她是死了，十月二十八日那一个电报，总是真的。十一月初四的那一封信，总也是真的。可怜她吐血吐到气绝的时候，还在那里叫我的名字。"

一边流泪，一边他就站起来走，他的酒已经醒了，所以他觉得冷起来。到了这深更半夜，他也不愿意再回到他那同地狱似的家里去。他原来是寄寓在他的朋友的家里的，他住的楼上，也没有火钵，也没有生气，总只有几本旧书，横摊在黄灰色的电灯光里等他。他愈想愈不愿意回去了，所以他就慢慢地走上上野的火车站去。原来日本火车站上的人是通宵不睡的，待车室里，有火炉生在那里，他上火车站去，就是想去烤火去的。

一直走到了火车站，清冷的路上并没有一个人同他遇见，进了车站，他在空空寂寂的长廊上，只看见两排电灯，在那里黄黄地放光。卖票房里，坐着了二三个女事务员，在那里打呵欠。进了二等待车室，半醒半睡地坐了两个钟头，他看看火炉里的火也快完了。远远地有机关车的车轮声传来。车站里也来了几个穿制服的人在那里跑来跑去地跑，等了一会，从东北来的火车到了。车站上忽然热闹了起来，下车的旅客的脚步声同种种的呼唤声，混作了一处，传到他的耳膜上来，跟了一群旅客，他也走出火车站来了。出了车站，他仰起头来一看，只见苍色圆形的天空里，有无数星辰，在那里微动，从北方忽然来了一阵凉风，他觉得有点冷得难耐的样子。月亮已经下山了。

街上有几个早起的工人，拉了车慢慢地在那里行走，各店家的门灯，都像倦了似的还在那里放光。走到上野公园的西边的时候，他忽然长叹了一声。朦胧的灯影里，息息索索地飞了几张黄叶下来，四边的枯树都好像活了起来的样子，他不觉打了一个冷噤，就默默地站住了。静静地听了一会儿，他觉得四边并没有动静，只有那辘辘的车轮声，同在梦里似的很远很远，断断续续地仍在传到他的耳朵里来，他才知道刚才的不过是几张落叶的声音。他走过观月桥的时候，只见池的彼岸一排不夜的楼台都沉在酣睡的中间。两行灯火，好像在那里嘲笑他的样子。他到家睡下的时候，东方已经灰白起来了。

读 与 思

文学是一门以生活为源泉的艺术，色彩理所当然成了作家写作的主要对象和表达情感的媒介，本文标题中的"银灰色"就奠定了全文的感情色彩。郁达夫也多用色彩写景塑人状物，你能找到一些例子吗？在日常习作中，你也不妨调用颜色，为自己的作文添彩。

春风沉醉的晚上（节选）

本文写于1923年7月，节选自同名小说中的前两节。此时的郁达夫刚从日本留学归来，处于失业的贫困境况中，身体状况也每况愈下，饱尝了生活的艰辛。小说中，在这贫困交加的境遇中，"我"遇到了同住贫民窟的烟厂女工陈二妹。女工一开始对"无所事事"的"我"是疑惧的，慢慢地，因为"我"的客气和礼貌对"我"解除了戒备心理，并真诚地请"我"吃面包和香蕉，两个人因此互相谈起了身世……从节选二的故事可以看出，女工是善良、真诚且坚强的，面对生活的困苦和身世的悲惨，弱小的她依然能够努力地生存着，并对同样处于困顿中的"我"抱有一丝善意。郁达夫曾在《蔦萝集·自序》中说："我知道世界上不少悲哀的男女，我的这几篇小说，只想在贫民窟、破庙中去寻那些可怜的读者。"小说贴近现实，描述了被压迫的劳动者和落魄的知识分子的人生经历，让感同身受的作者饱尝艰辛的同时，也获得了精神的慰藉。

一

在沪上闲居了半年，因为失业的结果，我的寓所迁移了三处。最初我住在静安寺路南的一间同鸟笼似的永也没有太阳晒着的自由的监房里。这些自由的监房的住民，除了几个同强盗小窃一样的凶恶裁缝之外，都是些可怜的无名文士，我当时所以送了那地方一个"yellow grub street"的称号。在这 grub street 里住了一个月，房租忽涨了价，我就不得不拖了几本破书，搬上跑马厅附近一家相识的栈房里去。后来在这栈房里又受了种种逼迫，不得不搬了，我便在外白渡桥北岸的邓脱路中间，日新里对面的贫民窟里，寻了一间小小的房间，迁移了过去。

邓脱路的这几排房子，从地上量到屋顶，只有一丈几尺高。我住的楼上的那间房间，更是矮小得不堪。若站在楼板上伸一伸懒腰，两只手就要把灰黑的屋顶穿通的。从前面的弄里踱进了那房子的门，便是房主的住房。在破布、洋铁罐、玻璃瓶、旧铁器堆满的中间，侧着身子走进两步，就有一张中间有几根横档跌落的梯子靠墙摆在那里。用了这张梯子往上面的黑黝黝的一个二尺宽的洞里一接，即能走上楼去。黑沉沉的这层楼上，本来只有猫儿那样大，房主人却把它隔成了两间小房，外面一间是一个 N 烟公司的女工住在那里，我所租的是梯子口头的那间小房，因为外间的住者要从我的房里出入，所以我的每月的房租要比外间的便宜几角小洋。

我的房主，是一个五十来岁的弯腰老人。他的脸上的青黄色里，映射着一层暗黑的油光。两只眼睛是一只大一只小，颧骨很高，额上颊上的几条皱纹里满砌着煤灰，好像每天早晨洗也洗不掉的样子。他每日于八九点钟的时候起来，咳嗽一阵，便挑了一双竹篮出去，到午后的三四点钟总仍旧是挑了一双空篮回来的，有时挑了满担回来的时候，他的竹篮里便是那些破布、破铁器、玻璃瓶之类。像这样的晚上，他必要去买些酒来喝喝，一个人坐在床沿上瞎骂出许多不可捉摸的话来。

我与间壁的同寓者的第一次相遇，是在搬来的那天午后。春天的急景已经快晚了的五点钟的时候，我点了一支蜡烛，在那里安放几本刚从栈房里搬过来的破书。先把它们叠成了两方堆，一堆小些，一堆大些，然后把两个二尺长的装画的画架覆在大一点的那堆书上。因为我的器具都卖完了，这一堆书和画架白天要当写字台，晚上可当床睡的。摆好了画架的板，我就朝着了这张由书叠成的桌子，坐在小一点的那堆书上吸烟，我的背系朝着梯子的接口的。我一边吸烟，一边在那里呆看放在桌上的蜡烛火，忽而听见梯子口上起了响动。回头一看，我只见了一个自家的扩大的投射影子，此外什么也辨不出来，但我的听觉分明告诉我说：有人上来了。我向暗中凝视了几秒钟，一个圆形灰白的面貌，半截纤细的女人的身体，方才映到我的眼帘上来。一见了她的容貌，我就知道她是我的间壁的同居者了。因为我来找房子的时候，那房主的老人便告诉我说，这屋里除了他一个人外，楼上只住着一个女工。我一则喜欢房价的便宜，二则喜欢这屋里没有别的女人小孩，所以立刻就租定了的。等她走上了梯子，我才站起来对她点了点头说：

"对不起，我是今朝才搬来的，以后要请你照应。"

她听了我这话，也并不回答，放了一双漆黑的大眼，对我深深地看了一眼，就走上她的门口去开了锁，进房去了。我与她不过这样地见了一面，不晓是什么原因，我只觉得她是一个可怜的女子。她的高高的鼻梁，灰白长圆的面貌，清瘦不高的身体，好像都是表明她是可怜的特征。但是当时正为了生活问题在那里操心的我，也无暇去怜惜这还未曾失业的女工，过了几分钟我又动也不动地坐在那一小堆书上看蜡烛光了。

在这贫民窟里过了一个多礼拜，她每天早晨七点钟去上工和午后六点多钟下工回来，总只见我呆呆地对着蜡烛或油灯坐在那堆书上。大约她的好奇心被我那痴不痴呆不呆的态度挑动了吧。有一天她下了工走上楼来的时候，我依旧和第一天一样地站起来让她过去。她走到了我的身边忽而停住了脚，看了我一眼，吞吞吐吐好像怕什么似的问我说：

"你天天在这里看的是什么书？"

（她操的是柔和的苏州音，听了这一种声音以后的感觉，是怎么也写不出来的，所以我只能把她的言语译成普通的白话。）

217

　　我听了她的话，反而脸上涨红了。因为我天天呆坐在那里，面前虽则有几本外国书摊着，其实我的脑筋昏乱得很，就是一行一句也看不进去。有时候我只用了想象在书的上一行与下一行中间的空白里，填些奇异的模型进去。有时候我只把书里边的插画翻开来看看，就了那些插画演绎些不近人情的幻想出来。我那时候的身体因为失眠与营养不良的结果，实际上已经成了病的状态了。况且又因为我的唯一的财产的一件棉袍子已经破得不堪，白天不能走出外面去散步和房里全没有光线进来，不论白天晚上，都要点着油灯或蜡烛的缘故，非但我的全部健康不如常人，就是我的眼睛和脚力，也局部地非常萎缩了。在这样状态下的我，听了她这一问，如何能够不红起脸来呢？所以我只是含含糊糊地回答说：

　　"我并不在看书，不过什么也不做呆坐在这里，样子一定不好看，所以把这几本书摊放着的。"她听了这话，又深深地看了我一眼，做了一种不了解的形容，依旧地走到她的房里去了。

　　那几天里，若说我完全什么事情也不去找，什么事情也不曾干，却是假的。有时候，我的脑筋稍微清醒一点下来，也曾译过几首英法的小诗和几篇不满四千字的德国的短篇小说，于晚上大家睡熟的时候，不声不响地出去投邮，寄投给各新开的书局。因为当时我的各方面就职的希望，早已经完全断绝了，只有这一方面，还能靠了我的枯燥的脑筋，想想法子看。万一中了他们编辑先生的意，把我译的东西登了出来，也不难得着几块钱的酬报。所以我自迁移到邓脱路以后，当她第一次同我讲话的时候，这样的译稿已经发出了三四次了。

二

在乱昏昏的上海租界里住着，四季的变迁和日子的过去是不容易觉得的。我搬到了邓脱路的贫民窟之后，只觉得身上穿在那里的那件破棉袍子一天一天地重了起来，热了起来，所以我心里想：

"大约春光也已经老透了吧！"

但是囊中很羞涩的我，也不能上什么地方去旅行一次，日夜只是在那暗室的灯光下呆坐。有一天，大约是午后了，我也是这样地坐在那里，间壁的同住者忽而手里拿了两包用纸包好的物件走了上来，我站起来让她走的时候，她把手里的纸包放了一包在我的书桌上说：

"这一包是葡萄酱的面包，请你收藏着，明天好吃的。另外我还有一包香蕉买在这里，请你到我房里来一道吃吧！"

我替她拿住了纸包，她就开了门邀我进她的房里去。共住了这十几天，她好像已经信用我是一个忠厚的人的样子。我见她初见我的时候脸上流露出来的那一种疑惧的形容完全没有了。我进了她的房里，才知道天还未暗，因为她的房里有一扇朝南的窗，太阳反射的光线从这窗里投射进来，照见了小小的一间房，由二条板铺成的一张床，一张黑漆的半桌，一只板箱和一条圆凳。床上虽则没有帐子，但堆着有两条洁净的青布被褥。半桌上有一只小洋铁箱摆在那里，大约是她的梳头器具，洋铁箱上已经有许多油污的点子了。她一边把堆在圆凳上的几件半旧的洋布棉袄、粗布裤等收在床上，一边就让我坐下。我看了她那殷勤待我的样子，心里倒不好意思起来，所以就对她说：

"我们本来住在一处，何必这样的客气。"

"我并不客气，但是你每天当我回来的时候，总站起来让我，我却觉得对不起得很。"

这样地说着，她就把一包香蕉打开来让我吃。她自家也拿了一只，在床上坐下，一边吃一边问我说：

"你何以只住在家里，不出去找点事情做做？"

"我原是这样地想，但是找来找去总找不着事情。"

"你有朋友吗？"

"朋友是有的，但是到了这样的时候，他们都不和我来往了。"

"你进过学堂吗？"

"我在外国的学堂里曾经念过几年书。"

"你家在什么地方？何以不回家去？"

她问到了这里，我忽而感觉到我自己的现状了。因为自去年以来，我只是一日一日地萎靡下去，差不多把"我是什么人""我现在所处的是怎么一种境遇""我的心里还是悲还是喜"这些观念都忘掉了。经她这一问，我重新把半年来困苦的情形一层一层地想了出来。所以听她的问话以后，我只是呆呆地看她，半晌说不出话来。她看了我这个样子，以为我也是一个无家可归的流浪人，脸上就立时起了一种孤寂的表情，微微地叹着说：

"唉！你也是同我一样的吗？"

微微地叹了一声之后，她就不说话了。我看她的眼圈上有些潮红起来，所以就想了一个另外的问题问她说：

"你在工厂里做的是什么工作？"

"是包纸烟的。"

"一天做几个钟头工？"

"早晨七点钟起，晚上六点钟止，中午休息一个钟头，每天一共要做十个钟头的工。少做一点钟就要扣钱的。"

"扣多少钱？"

"每月九块钱，所以是三块钱十天，三分大洋一个钟头。"

"饭钱多少？"

"四块钱一月。"

"这样算起来，每月一个

钟点也不休息，除了饭钱，可省下五块钱来。够你付房钱买衣服的吗？"

"哪里够呢！并且那管理人要……啊啊！……我……我所以非常恨工厂的。你吸烟的吗？"

"吸的。"

"我劝你顶好还是不吸。就吸也不要去吸我们工厂的烟。我真恨死它在这里。"

我看看她那一种切齿怨恨的样子，就不愿意再说下去。把手里捏着的半个吃剩的香蕉咬了几口，向四边一看，觉得她的房里也有些灰黑了，我站起来道了谢，就走回到了我自己的房里。她大约做工倦了的缘故，每天回来大概是马上就入睡的，只有这一晚上，她在房里好像是直到半夜还没有就寝。从这一回之后，她每天回来，总和我说几句话。我从她自家的口里听得，知道她姓陈，名叫二妹，是苏州东乡人，从小系在上海乡下长大的，她父亲也是纸烟工厂的工人，但是去年秋天死了。她本来和她父亲同住在那间房里，每天同上工厂去的，现在却只剩了她一个人了。她父亲死后的一个多月，她早晨上工厂去也一路哭了去，晚上回来也一路哭了回来的。她今年十七岁，也无兄弟姊妹，也无近亲的亲戚。她父亲死后的葬殓等事，是他于未死之前把十五块钱交给楼下的老人，托这老人包办的。她说：

"楼下的老人倒是一个好人，对我从来没有起过坏心，所以我得同父亲在日一样地去做工，不过工厂的一个姓李的管理人却坏得很，知道我父亲死了，就天天地想戏弄我。"

她自家和她父亲的身世，我差不多全知道了，但她母亲是如何的一个人，死了呢还是活在哪里，假使还活着，住在什么地方等等，她却从来还没有说及过。

读 与 思

　　节选部分讲完女工的身世便戛然而止，后来又发生了什么事情呢？小说题为《春风沉醉的晚上》，试着根据题意猜一猜接下来的情节走向，然后找找原文，看看自己猜对了吗？"春风沉醉的晚上"又有什么寓意呢？

郁达夫

浪漫的青年觉醒者

郁达夫，1896年12月7日生于浙江富阳，原名郁文，字达夫，幼名荫生，中国现代著名小说家、散文家、诗人。

出身于浙江富阳满家弄（今达夫弄）的一个知识分子家庭。七岁入私塾。九岁便能赋诗。曾先后就读于富阳县立高等小学堂、杭州府中学堂。1911年起开始创作旧体诗，并向报刊投稿。1912年考入之江大学预科，因参加学潮被校方开除。1914年7月入东京第一高等学校预科，后开始尝试小说创作。1919年入东京帝国大学经济学部。1921年6月，与郭沫若、成仿吾、张资平、田汉、郑伯奇等人在东京酝酿成立了新文学社团"创造社"。同年10月，他的第一部短篇小说集《沉沦》问世，在当时产生很大影响。

1922年3月，自东京帝国大学毕业后归国。同年5月，主编的《创造季刊》创刊号出版。1923年至1926年间先后在北京大学、国立武昌师范大学、中山大学任教。1926年底返沪后主持创造社出版工作，主编《创造月刊》《洪水》半月刊，发表了《小说论》《戏剧论》等大量文艺论著。

1928年加入"太阳社"，并在鲁迅支持下，主编《大众文艺》。1930年3月，中国左翼作家联盟成立，为发起人之一。1932年，短篇小说《迟桂花》发表。

1933年5月移居杭州后，写了大量山水游记和诗词。1938年，赴武汉参加国民政府军事委员会政治部第三厅的抗日宣传工作，并在"中华全国文艺界抗敌协会"成立大会上当选为常务理事。

1938年12月偕王映霞和长子郁飞离开福州赴新加坡。

夏衍先生曾说："达夫是一个伟大的爱国者，爱国是他毕生的精神支柱。"郁达夫在文学创作的同时，积极参加各种反帝抗日组织，先后在上海、武汉、福州等地从事抗日救亡宣传活动，并曾赴台儿庄劳军。1938年底，郁达夫应邀赴新加坡办报并从事宣传抗日救亡活动，星洲沦陷后流亡至印度尼西亚的苏门答腊，因精通日语被迫做过日军翻译，其间利用职务之便暗暗救助、保护了大量文化界流亡难友、爱国侨领和当地居民。1945年，在苏门答腊失踪。1945年日本投降后被日本宪兵秘密杀害于丹戎革岱。1952年中华人民共和国中央人民政府追认其为革命烈士。

　　郁达夫的散文无一例外都是"自我的表现"，而且是"自叙传"式的自我表现，是最为坦诚、露骨的自我表现。在郁达夫看来，小说带有作家的自叙传，"现代的散文，却更是带有自叙传的色彩"。散文《还乡记》《还乡后记》和小说《迟桂花》，都运用大量内心独白式的抒情、描写、记叙，错落有致，感情真挚，打上很深的个人印记。在作品中，郁达夫不加掩饰地表露他的思想、感情，将自己的信仰、习惯、性格甚至病态心理也大白于天下，以一己的身世、感受，集中表现了在旧社会的压迫下青年一代窒息的精神苦闷，从而形成了自己独树一帜的文学特色。这种特色就是感伤的弱者的情调、浪漫的青年觉醒者的理想、反压迫的民主主义者的倾向。

　　在郁达夫作品中，其强烈的伤感情绪表现为两种形式：一是颓废，一是憎恨。既然生活是无味的，自然是死板的，自我也是废物——既不能事业有成，又不能摆脱苦闷，郁达夫就干脆自我放纵。从作品《感伤的行旅》《归航》可以看出其拼命地发泄一个人的本能，竭力要在病态中满足自我。这种情感和行为显然具有消极性，这是郁达夫文学作品中颓废、感伤、灰色的内容，但绝不是反动的内容，绝不是与时代思潮格格不入的情调。郁达夫主要是以这种病态心理来发泄一个从封建礼教羁绊中觉醒了而又找不到出路的青年的苦闷。这种浓重的主观抒情的色彩下面仍有着五四"人的发现"所寄寓的积极的意味。

　　郁达夫自然地慨叹自己生不逢时，郁达夫将他的所有不幸，所有烦恼，所有悲苦，一齐倾向那个黑暗的时代，向一个不人道的制度发出了一个哀鸣着的青年的控诉，表现了显而易见的反帝反封建的民主主义倾向，这种倾向虽不能说很深刻，但鲜明的态度、强烈的情绪也给这种倾向涂上了积极战斗的色彩。

　　郁达夫的一生，胡愈之先生曾做这样的评价："在中国文学史上，将永远铭刻着郁达夫的名字，在中国人民反法西斯战争的纪念碑上，也将永远铭刻着郁达夫烈士的名字。"

郁达夫年表

- 1896 年 12 月 7 日，出生于浙江富阳满家弄（现更名达夫弄）一个知识分子家庭。

- 1900 年，郁达夫的父亲去世。

- 1902 年，郁达夫进入私塾读书。

- 1907 年，进入富阳县立高等小学堂读书。

- 1911 年，转入杭州府中学堂，同学中有徐志摩。开始尝试文学创作（旧体诗）并投稿。

- 1912 年，考入之江大学预科，后因参与学潮被校方开除。

- 1913 年，进入蕙兰中学读书。同年，随兄长郁华到日本留学。

- 1914年，考入日本东京第一高等学校医科部预科，开始尝试小说创作。

- 1915年7月，特设预科毕业，同年入学名古屋第八高等学校医学部。

- 1916年，对医学的认识改变，转科改读法学部政治专业。

- 1919年7月，毕业。11月，进入东京帝国大学，学习经济。

- 1921年，与同在东京留学的郭沫若、成仿吾、张资平等成立新文学社团"创造社"。同年10月，他的第一部白话短篇小说集《沉沦》出版，这是中国现代文学史上第一部白话短篇小说集。

- 1922年，东京帝国大学毕业，获得经济学学士学位。9月，在安庆省立专门法政学校当英语老师。

- 1923年，辞职，到北京大学任讲师，教统计学。

- 1925年，到国立武昌师范大学任教。

- 1926年，到广州中山大学任教，年底辞职，到上海专心主持创造社出版工作。

- 1928年，加入现代文学社团"太阳社"，在鲁迅的支持下主编《大众文艺》刊物。

- 1930年，参与发起成立左联，不久退出。

- 1932年，在《现代》杂志上发表短篇小说《迟桂花》。

- 1933年，加入中国民权保障同盟，同年从上海移居杭州。

- 1934年9月，陈望道主编的《太白》半月刊创刊，任编辑
  委员。

- 1935年10月，《达夫短篇小说集》（上、下册）由上海北新
  书局出版。

- 1936年2月2日，应福建省政府主席陈仪的邀请赴闽。

  同年2月7日，被委任为福建省政府参议。

  同年6月12日，被任命为福建省政府公报室主任。

- 1937年10月，担任"福州文化界救亡协会"理事。

- 1938年3月，到武汉参加国民政府军事委员会政治部第三
  厅的工作，任少将设计委员。4月，当选"中华全国文艺界
  抗敌协会"常务理事，任研究部主任和《抗战文艺》编委，
  期间曾亲赴徐州战场前线慰问。不久，应新加坡《星洲日
  报》邀请，赴新加坡。

- 1940年，与关楚璞、姚楠、许云樵等文人创建新加坡南洋学会。

- 1941年，任"星华文化界战时工作团"团长以及"新加坡华侨抗敌动员委员会"执行委员。

- 1942年，担任陈嘉庚领导成立的"星华文化界抗敌联合会"理事、常务理事和主席。2月，新加坡被日军攻占，郁达夫等流亡到印尼苏门答腊岛中西部的巴爷公务市，化名赵廉，以富商的身份出现，从事抗日活动。日军占领苏门答腊后，察知他精通日语，胁迫其担任翻译官。他借助这个身份，暗中救助、保护了大批流难者、爱国侨领和当地人士。

- 1945年，由于汉奸告密，日军恼羞成怒，将郁达夫逮捕。8月15日，日本天皇宣布投降。9月，丧心病狂的日本宪兵将郁达夫秘密杀害于丹戎革岱。